KB000653

100년후 독자에게 던지는 물음

나는 페미니스트인가

일제강점기 새로읽기 ②
나는 페미니스트인가
— 100년후 독자에게 던지는 물음

2018년 4월 10일 초판 1쇄 찍음
2018년 4월 20일 초판 1쇄 펴냄

지은이   나혜석
펴낸이   이상
펴낸곳   가갸날
주 소   10386 경기도 고양시 일산서구 강선로 49 BYC 402호
전 화   070 8806 4062
팩 스   0303-3443-4062
이메일   gagyapub@naver.com
블로그   blog.naver.com/gagyapub
페이지   www.facebook.com/gagyapub
디자인   노성일 designer.noh@gmail.com

ISBN   979-11-87949-17-6 (03810)

이 도서의 국립중앙도서관 출판예정도서목록(CIP)은 서지정보유통지원시스템 홈페이지
(http://seoji.nl.go.kr)와 국가자료공동목록시스템(http://www.nl.go.kr/kolisnet)에서
이용하실 수 있습니다. (CIP제어번호 : CIP2018009531)

일제강점기
새로읽기
2

———

나혜석

나는 페미니스트인가

100년후 독자에게 던지는 물음

一〇〇년후 독자에게

　사람들은 믿어줄까? 내가 하루아침에 남의 집 건넌방 구석을 굴러다니는 신세가 되고, 끼니를 때우기 위해 전당포를 들락거려야 했다는 것을. 생활의 곤고함은 육신만이 아니라 정신까지도 병들게 하노니, 나는 끝내 흩날리는 눈발을 맞으며 거리에서 행려병자로 삶을 마감했소.

　내가 끝까지 지키고 싶었던 것은 사람으로서, 여성으로서의 자존이었소. 그대들은 모르리. 세상과 불화하고 방종한 대가라고 손가락질하던 당대의 사람들만이 아니라, 거의 한 세기 뒤를 사는 오늘의 여러분들도. 우리 시대에 여성으로 산다는 것이 얼마나 가시밭길이었는지.

나는 사람이 되고, 예술가가 되고 싶었소. 그러나 세상은 여성의 삶을 옥죄는 거대한 벽이었으니, 식민지체제와 봉건 질서, 남성중심주의는 숨쉬기에도 버거웠소. 생각이 제법 틔었다는 사람들도 우리더러 인형이 되라는 것이었소. 여자는 남자와 똑같은 사람이 아니었던 것이오. 나는 인형이 되기를 거부하였소. 그리고 글로, 몸으로 실천하였소. 탐험하는 자가 없으면 그 길은 오지 않는 법 아니오? 나는 내가 내딛는 한 걸음이 조선 여성 전체의 미래와 결부되어 있다는 생각을 한시도 잊은 적이 없소.

〈이혼 고백장〉을 발표했을 때 '미치광이 짓 같은 노출증'이라고 공격한 여성도 있었소. 남성들이야 얼마나 속이 부글부글 끓었겠소. 자신들은 방탕한 생활을 즐기면서 여성에게는 정조를 요구하는 남성들의 심사는 이상하지 않소? 이혼하면 친권을 박탈당하고 돈 한 푼 없이 내쫓기는 게 정당한 것이오?

나는 결혼후 한순간도 허투루 허비한 적이 없소. 화가의 길을 걸으면서도 아내로서, 어머니로서 최선을 다했소. 하지만 예술가의 길과 주부의 길이 행복하게 양립하기는 지금도 쉽지 않을 것이오. 결국 나의 결혼은 파탄이 나고 말았소.

과연 결혼이란 무엇일까? 정조란 무엇일까? 모성이란 무엇일까? 내 주장이 지금 세상에서도 받아들이기 어려울 만큼 과격하다는데, 독자 여러분들은 어떻게 받아들일지 자못 궁금하오.

나혜석

〖차례〗

1

2

『 일러두기 』

1. 이 책은 나혜석의 산문 가운데 여성주의 관점에서 쓴 글을 묶은 것이다.
   시기적으로 1917년(22세)부터 1935년(40세)까지에 걸쳐 있다.

2. 글의 순서는 연도별로 배열하였다. 크게 1930년 이혼하기 전의
   1부(4편)와 그 후의 2부(4편)로 나눌 수 있다. 시의 형태인 〈인형의 가〉는
   당시 발표된 삽화와 함께 수록하되, 목차에는 넣지 않았다.

3. 맞춤법과 띄어쓰기, 외래어 표기는 현재의 한글 맞춤법 표준안을 따랐다.
   원본의 한자 및 한자식 표현은 한글 혹은 한글식 표현으로 문제를 바꾸는
   것을 원칙으로 하되, 나혜석 특유의 표현이나 문맥상 필요한 곳은 원문을
   살렸다.

4. 독자의 이해를 돕기 위해 필요한 곳에는 편집자 주를 달고, 일부 인명에
   원어 표기를 병기하였다.

1

퍽거시무어신고

잡
감

K언니에게
드림

언니!

봄빛이 아름답다 함도 꽃봉오리가 뾰죽뾰죽 나올 때라든
지 파르죽죽한 버들잎이 척척 늘어져 이따금 부는 가벼운 바
람에 얌전히 흔들흔들하는 때, 복숭아꽃, 배꽃이 만발하여 온
세상이 웃음과 같은 그런 때 말이지, 오늘과 같이 검은 구름이
이리저리 몰리며 폭풍이 일어나 먼지 뭉텅이가 앞길을 탁탁

막아 정신을 차릴 수 없는 이러한 날에는 자연히 가슴이 요동 치고 정신이 교란해지며 말할 수 없는 자아의 불평과 공포만 일어나오.

나도 처음에는 유리창이 덜그럭덜그럭 요동하는 소리며, 쨍쨍하던 볕이 갑자기 어두침침해 오는 것이며, 늘어졌던 푸른 버들가지가 꺾이는 것을 장쾌하게도 생각하고 재미스럽게 보았소마는, 오래지 않아 눈도 뜰 수 없고 숨도 쉴 수 없을 만큼 광우狂雨가 쏟아지는 때에는 저렇게 춘색을 자랑하던 벚꽃이 속절없이 흩어져 떨어지는 것이며, 일껏 겨울 준비로 먹을 것을 물고 부지런히 걸어가던 개미가 하염없이 물에 밀려나가는 것이며, 어미닭 품에 안기어 구구 찍찍 하며 앞뜰에서 놀던 병아리 떼들이 일시 쫓겨 들어가는 것을 인정으로써 어찌 차마 보잔 말이오?

아아, 저렇게 자만스러이 직립한 전신주라든지 사시 푸른 소나무에게까지라도 곧 전율적 대엄습이 닥칠 것을 생각하니, 나는 벌써 장쾌하고 흥미스럽다던 것도 다 잊어버리게 되고 공포에 못 이기어 자신도 모르게 진저리를 쳤소.

아, 나는 못생기게 엉엉 우는 것보다 이 위에 더 한 가지 지진이 일어나 가옥이 비칠비칠해지고 가구가 다 부서져 나가기 전에 어서 이렇게 조용히 앉아서 언니에게 끝까지 답장을 지어야만 할 좋은 계책을 찾았소.

언니! 언니의 편지보다 먼저 본국에서 온 S언니에게 언니의 소식을 자세히 들었소. 들은 그 순간으로부터 어느 때든지 나는 언니의 그 적막한 경우와 모순의 고통, 번민이 오죽 할까 하여 혼자 눈물 흘린 적도 많소. 해서 미상불 그동안 여러 번 솜씨 없는 붓을 든 적도 있었으나, 지어놓고 부치지 않은 적도 있고, 혹은 쓰다가 찢어버린 적도 있소.

물론 언니에 대한 사랑이 범연함이었던 것이 아니라 동경 계실 때 언니 앞에서 고백한 것같이 나는 매우 언니를 존경하므로 혹시 불경不敬이 될까 하여 주저하였던 것이오. 허나 지금 당해서는 이것이 도리어 불경이었던 것을 알게 되었소. 대개 이렇게 생각함은 제가 가장 언니와 동등인 듯이 자만하였던 것 같소. 하므로 나는 언니에게 사과하는 동시에 언니보다 몇 층이 떨어진 것을 깨닫고, 이제는 겸손하게 솜씨 없는 붓이라도 들어 어리광을 부리려 하나이다. 언니가 꾸지람을 하신다 하면 달게 받겠고, 언니의 지도가 계시다면 나는 춤추고 가겠나이다.

언니! 버릇없는 말씀이 있거든 널리 용서해 주시고, 가다가 저촉되는 구절은 눌러 보아 주십시오.

S언니 편에 듣기에는 언니의 신경쇠약 병이 중하다 하고,

언니는 조그마한 초가 단칸에서 어머니 뫼시고 벗도 없이 적막하게 지내신다는구려. 퍽 고독하고 무력한 생활을 하시는 것같이 들었소. 그때에 나는 마침 서양 요리를 먹고 비로드 의자에 걸터앉았던 귀족적 생활의 한 주인공이었소. 이러한 나로서 언니의 그러한 소식을 들을 때 얼마나 황송스러웠는지 모르겠소.

그래서 곧 벌떡 일어서서 생각하였소. 그리고 언니의 병은 범인의 병과 달라 장차 무슨 독창적 사색의 대원천이 될 귀중한 병인 줄 알고, 언니의 그 적막한 생활 속에는 무슨 철저한 생명이 들어 있는 줄 믿고 안심하여, 오늘도 그 자주 비로드 의자에서 끝가지 기쁨으로 쓰려 하나이다.

언니 말씀과 같이 그것이 큰 어려운 문제예요. '명예와 사업.' 특히 이제 겨우 눈을 뜨려는 조선 여자계에는 더구나 어려운 문제예요. '공부해 기지고 사업하지.' 물론 그럴 것이겠지요. 또 그렇게 되어야만 될 터이지요.

언필칭 소학교 아동의 입에서도 '공부해 가지고 사업하지' 하는 말이 상투어가 되어버려 힘없이 쑥쑥 나옵니다. 소학교 아동은 아직 철이나 아니 났거니와, 마침내 고등교육을 받은 여자의 입에서도 역시 무슨 전언傳言같이 쑥쑥 나오는 것 같습니다. 자기 입에서 나오는 '공부해 가지고 사업하지'의 의미를 안다 하면 물론 다행한 일이거니와, 만일 아무 의미 없이 남의 흉내를 낸다 하면 그 아니 가엾습니까.

언니보다 먼저 나도 욕보다 칭찬이 기쁨을 주는 줄도 알았소마는, 욕도 참된 욕이 있고, 칭송도 거짓된 무가치한 칭송이 있는 줄을 알았소. 그러면 금일의 20세기에 사는 자각한 사람에게는 무가치한 칭찬보다 가치 있는 욕이 귀하지 아니할까 해요.

욕 말이오? '그 계집 활발하다, 그 여자 말이 많다, 건방지기도 하다, 남자와 교제가 많다…' 언니, 이 욕 말이오? 이 욕으로 해서 사업을 못한단 말이오? 그럴 터이지요. 사업가에게는 신용이 유일의 생명일 터이니까, 그러한 욕이 있으면, 즉 신용을 잃게 된단 말이겠지요.

칭찬 말이오? '그 색시 안존安存하다, 얌전하다, 말이 없다, 공손하다, 남자를 보면 잘 피한다…' 이 칭찬 말이오? 이 칭찬을 받는 여자는 신용이 있으니까 사업이 잘될 터이란 말이지요? 언니, 그럴까요?

남들의 욕과 칭찬은 이러하외다. '학문이 없다, 견식이 좁다, 용기가 없다, 기술이 부족하다…' 이런 욕을 먹습니다. '활발 영리하다, 웅변가이다, 문장가이다, 과학적 사상이 있고 철학과 이성을 가졌다…' 이런 칭찬을 듣는구려. 우리는 무의식

중에 얌전을 부리나 남들은 의식으로 얌전을 부리고, 우리는 남의 흉내로 공손을 차리나 남들은 자각을 가지고 공손하는 것이외다. 우리는 남자를 원수같이 알고 양성간은 육肉으로만 결합되는 줄 아는데, 남들은 남자를 이해하여 남성의 특징을 내가 취하기도 하고, 여성의 장점을 그에게 자랑도 하여 남녀 양성간에 육 외에 영의 결합까지 있는 줄을 압니다.

언니! 그래도 이를까요? 우리가 알려 하고 하려 하는 것이 이를까요? 여자란 온순하고, 착하고, 예의 바르고, 겸손하여야 한다든지, 어려서는 아버지를, 결혼해서는 남편을, 남편이 죽은 후에는 자식을 따르라는 삼종지도三從之道로만 언제까지 여자의 전 생명을 삼을까요? 방구석에 들어앉아서 삼시 밥만 퍼먹고 그대로 문지방 안에서 술래잡기하다가 늙어 죽던 그때 말이지. 오늘과 같이 방에서 마루까지 걸어 나와 대문까지 나온 우리로서, 아이스크림도 맛보고, 빵도 먹어본 우리로서, 단테의 시니, 칸트의 철학이니, 평등이 어떻고 자유가 무엇이니 하는 우리로서는 이른 것보다 늦은 듯합니다.

언니! 먼저 언니 앞에 변명할 것이 있소. 그것은 내가 결코 언니의 말씀하는 '아직 실력이 없으니까 충분히 수양해 가지고 사업을 하지' 하심을 무시함이 아닌 것을 오해 마소서. 언니! 물론 그럴 터이지요. 또 그렇게 해야만 지각난 자의 행동일 터이지요. 서서히 충분한 수양으로 나가야 할 터이지요. 나도 그렇게 하기를 절실히 원하는 바요. 그런데 언니의 편지 중 '여자는 허영심이 넘치오. 욕심이 많소. 이것이 큰 걱정이오' 하는 말씀에 큰 자극을 받았소이다. 그러나 '큰 걱정이오' 하는 말씀은 물론 언니는 그 경성 도로에 풀풀 날리는 삼팔주(중국에서 나는 올이 고운 명주-편집자 주) 치마라든지, 외뚝빼뚝하는 구두라든지, 번쩍번쩍하는 금반지로 겉치레만 하고 속에는 아무것도 없는 그러한 여자를 한탄하신 것이겠지요.

그런데 누가 그래요? 어느 남자가 그래요? '여자는 허영의 결정체라고. 그러니까 여자는 열등한 동물이라고.' 그래서 언니도 큰 걱정이라고 하신 것인가요?

그럴까요? 언니! 나는 허영이 있고 욕심이 있는 자라야 공부도 잘하고 대사업을 이루는 자라 생각하오. 나폴레옹이나 비스마르크에게 만일 성공이란 허영심과 위인 될 욕심이 없었던들, 어찌 백천 년 후세를 전하여 수억만 사람의 뇌 속에 기억을 삼았으리까. 우리는 어서 남들이 주장하는 '인격 존중이니, 사람은 사람답게 이상의 절반이라도 실행해야겠고, 또 사람다운 생활을 해야겠다'는 것을 바라볼 욕심도 내야겠고, 모방할 허영심도 많아져야 할 것이 아닐까요? 우리에게도 급한 대로 우선 몇 가지 욕심을 가진 후라야 사업을 할 수 있다오.

첫째, 조선 여자도 사람이 될 욕심을 가져야겠소. 역사상으로 보면 고대 그리스에서는 신화 중 최대 세력을 가진 강한 신 제우스는 남성이라 하고, 그 곁에 뫼시고 있는 신 헤라는 여신이라 하였소. 대학자로 유명한 아리스토텔레스도 부인을 비열히 대접하였을 뿐 아니라, 소크라테스도 자기 부인을 친구에게 빌린 일도 있고, 페리클레스도 자기의 처첩을 시민의 처첩과 교환한 일도 있다 하오. 그렇게 남존여비의 제도가 동양보다 더욱 심하였던 것이 로마 상고上古에 와서는 교육은 가정에 있어서 부인을 훈도하여 양호의 책임을 맡게 되고, 그 어머니의 덕육德育으로 자녀 교육의 기초를 삼게까지 여자의 지위를 찾게 되었소.

중세의 기독교 전성시대에는 법률 제도는 물론이고 풍속 습관에 이르기까지 기독교의 틀로 표준을 삼았소. 〈히브리〉 제5장에 '아내 된 자여, 니희들이 主를 좇는 것같이 스스로 남편을 좇으라. 남편 된 자여, 너희들이 그리스도가 교회를 사랑하여 자기 몸을 돌아보지 않으며 힘쓰는 것같이 너희들은 아내를 사랑하라'(이는 〈에베소서〉 5장의 내용 – 편집자 주) 한 말씀도 있소. 또 이 온 '세상 인류는 다 하나님의 아들과 딸이고 너희들은 서로 동포나라' 하여 여자도 인격적 가치가 있는 것으로 인정되었고, 여자의 지위는 사회에 있어서 크게 존경을 받게 되었소. 이같이 고대 그리스, 로마의 남존여비 사상이 진화되어 남녀동권이 되고, 남자는 뛰어나고 여자는 열등하다는 제도가 개혁되어 남녀평등으로 여자의 지위가 움직이기 시작하였소.

여자도 남자와 같이 그 본성에는 조금도 다름이 없다는 사상이 더욱 심오하게 된 것은 누구나 다 아는 바와 같이 문예부흥시대부터 현대에 이르기까지요.

'남자가 이해할 수 있는 모든 일을 여자도 능히 이해할 수 있다. 이로 추리해 볼진대 여자의 본성적 이론, 즉 심리적 작용에는 조금도 남자와 다름이 없다. 일용의 직분에 이르러서는 혹 차별이 생길는지 모르겠다. 여자들아! 껍데기만 살지 말고 영혼이 있을지어다' 절규함이 20세기 여자의 무대요.

언니! 우리 조선 여자도 이 무대 위에 참석할 욕심을 가져야 할 줄 알아요. 루소의 말이 '나는 학자와 장군을 만드는 것보다 먼저 사람을 만들겠다' 하였다 하오. 내가 여자요. 여자가 무엇인지 알아야겠소. 내가 조선 사람이오. 조선 사람이 어떻게 해야 할 것을 알아야겠소.

둘째는 자기 소유를 만들려는 욕심이 있어야겠소. '어느 곳에서든 주인이 되면 모든 것이 진리다隨處作主 立處皆眞'라는 말도 있소. 우리는 일시에 중국의 '천天'자와 일본의 '아ア'자와 서양의 '에이A'자를 배우게 되었소. 우리가 항용 부르는 일본의 '대화혼'이 무엇이오? 일본은 남의 문화를 수용하되 일본화 하는 것이오. 일본 사람은 외적 자극을 받아가지고 내적 조직 을 만드는 것이오. 우리도 배우는 학문을 내 소유로 만들어야 겠소. 조선화시킬 욕심을 가져야겠소.

셋째는 활동할 욕심을 가져야겠소. 새커리Thackeray가 말 하기를 '친절한 충고를 줄 기회를 잃지 마시오. 옛사람이 자신 의 밭에 빈 땅이 있는 것을 볼 때마다 호주머니에서 씨앗 한 톨 을 꺼내 손끝으로 파서 심는 것같이, 당신네들도 일생 중에 친 절한 충고 줄 기회가 있거든 잃지 마시오. 씨앗 한 톨이 아무 가치가 없는 듯하나, 그 후 어느 때에는 큰 나무가 될 것이오' 한 말이 생각나오. '움직이는 자여, 실패 있음을 각오하라' 하였 다 하오. 옳소. 실패와 성공은 평행되는 줄 아오. 활동하는 자 에게는 실패와 성공의 결과가 있을 것이오. 그 속에는 승리와 희생이 있을 깃이오.

언니! 어떨까요? 우리가 왜 메리Mary Wollstonecraft('근대 페 미니즘의 어머니'로 불리는 여권 운동가 – 편집자 주)와 같은 큰 여자 교육가가 못되란 법 어디 있겠소. 롤랑 부인Madame Roland과 같이 광란노도의 희생을 못할 리 어디 있겠소? 탐험하는 자가 없으면 그 길은 영원히 못 갈 것이요, 우리가 욕심을 내지 아니 하면 우리 자손들을 무엇을 주어 살리자는 말이오? 우리가 비난을 받지 않으면 우리의 역사를 무엇으로 꾸미자는 말이오?

다행히 우리 조선 여자 중에 누구라도 가치 있는 욕을 먹는 자가 있다 하면 우리는 안심이오. 이 여자는 우리의 갈망하는 사업가라 하겠소. 우리의 배우지 못한 공부를 많이 한 자라 하겠소. 언니! 어서 공부해 가지고 사업합시다.

뇌성벽력이 치오. 미친 듯 비가 쏟아지오. 자만하게 직립하였던 전신주도 조르르 흘렀소. 우리 집에서는 장독소래기를 치우느라고 허둥지둥 야단들이오. 아직도 때가 있는 것같이 느린 걸음으로 걸어가던 행인들은 저렇게 좌우 길을 방황하며 어찌할 줄 몰라 쩔쩔매오. 자동차, 마차가 획획 지날 때마다 부럽고 한심스러워 곧 두 눈이 벌컥 뒤집힐 것도 같소.

어느덧 지진까지 일어나오. 온 집이 흔들리오. 아이고, 이를 어찌하오? 어디로 피하여야 산단 말이오? 속절없이 이렇게 죽을 생각을 하니 눈물이 하염없이 옷깃을 적시오. 아아! 아무려나 나가다가 벼락을 맞아 죽든지 진흙에 미끄러져 망신을 하든지 나가볼 욕심이오. 당장 이 쓰러져가는 집을 떠나기 위하여 비옷을 차려입고 그만 붓을 던지오.

– 1917년 5월 16일 폭풍우 중

인형의 가 家

1921년《매일신보》에 입센의 〈인형의 가〉가
연재되었다(양건식 번역). 연재 마지막 회(4.3)에
나혜석이 쓴 이 시(노래 가사)가 실렸다.

내가 인형을 가지고 놀 때

기뻐하듯

아버지의 딸인 인형으로

남편의 아내 인형으로

그들을 기쁘게 하는

위안물 되도다

노라를 놓아라

최후로 순수하게

엄밀히 막아놓은

장벽에서

견고히 닫혔던

문을 열고

노라를 놓아주게

남편과 자식들에 대한

의무같이

내게는 신성한 의무 있네

나를 사람으로 만드는

사명의 길을 밟아서

사람이 되고자

노라를 놓아라

최후로 순수하게

엄밀히 막아놓은

장벽에서

견고히 닫혔던

문을 열고

노라를 놓아주게

나는 안다 억제할 수 없는

내 마음에서

온통을 다 헐어 맛보이는

진정 사람을 제하고는

내 몸이 값없는 것을

내 이제 깨도다

노라를 놓아라

최후로 순수하게

엄밀히 막아놓은

장벽에서

견고히 닫혔던

문을 열고

노라를 놓아주게

아아 사랑하는 소녀들아

나를 보아

정성으로 몸을 바쳐다오

많은 암흑 횡행할지나

다른 날 폭풍우 뒤에

사람은 너와 나

노라를 놓아라

최후로 순수하게

엄밀히 막아놓은

장벽에서

견고히 닫혔던

문을 열고

노라를 놓아주게

모
(어머니)
된
감상
기

이러한 심야, 아까처럼 만사를 잊고 곤한 춘몽春夢에 잠겼을 때 돌연 옆에서 잠잠한 밤을 깨뜨리는 어린아이의 울음소리가 벼락같이 난다. 이때에 나의 영혼은 꽃밭에서 동무들과 끊임없이 웃어가며 평화의 노래를 부르다가 참혹히 쫓겨났다.

나는 벌써 만 1개년간을 두고 하루도 거르지 않고 매일 밤에 이러한 곤경을 당하여 오므로 이렇게 '으아' 하는 첫소리가 들리자, '아이고, 또' 하는 말이 자신도 모르게 나오며 이맛살이 찌푸려졌다. 나는 어서 속히 면하려고 신식 차례 정하는 규칙도 집어치우고 젖을 대주었다. 유아는 몇 모금 꿀떡꿀떡 넘기다가 젖꼭지를 스르르 놓고 쌕쌕하며 깊이 잠이 들었다.

나는 비로소 시원해서 돌아누우나 나의 잠은 벌써 서천 서역국으로 순식간에 멀리 달아났다. 그리하여 다만 방 한가운데 늘어져 환히 켜 있는 전등을 향하여 눈방울을 자주 굴릴 따름. 과거의 학창시대로부터 현재의 가정생활, 또 미래는 어찌 될까! 이렇게 인생에 대한 큰 의문, 그것에 대한 나의 무식한 대답, 고통으로부터 시작하였으나 필경은 재미롭게 밤을 새우는 것이 병적으로 습관성이 되다시피 하였다.

정직히 자백하면 내가 전에 생각하던 바와 지금 당하는 사실 중에 모순되는 일이 한두 가지가 아니나, 어느 틈에 내가 처妻가 되고 모母가 되었나? 생각하면 확실히 꿈속 일이다. 내가 때때로 말하는 '공상도 분수가 있지!' 하는 간단한 경탄어가 만 2개년간 사회에 대한, 가정에 대한 다소의 쓴맛 단맛을 맛본 나머지의 말이다.

실로 나는 짜릿짜릿하고, 부르르 떨리며, 달고, 열나는 소위 사랑의 꿈은 꾸고 있었을지언정, 그 생활에 비장된 반찬 걱정, 옷 걱정, 쌀 걱정, 나무 걱정, 더럽고, 게으르고, 속이기 좋아하는 하인과의 싸움으로부터 손님맞이에 대한 범절, 친척에 대한 의리, 사소한 말과 행동이 모두 남을 위하여 살아야 할 소위 가정이란 것이 있는 줄 뉘 알았겠으며, 더구나 빨아낼 새 없이 적셔 내놓는 기저귀며 주야 불문하고 단조로운 목소리로 깨깨 우는 소위 자식이라는 것이 생기어, 내 몸이 쇠약해지고 내 정신이 혼미하여져서 '내 평생소원은 잠이나 실컷 자보았으면' 하게 될 줄이야 뉘라서 상상이나 하였으랴.

그러나 불평을 말하고 싶은 것보다 인생에 대하여 의문이 자라가며 후회를 하는 것이 아니라 남보다 더 한 가지 맛을 봄을 행복으로 안다. 그리하여 내 앞에는 장차 더한 고통, 더한 희망, 더한 낙담이 있기를 바라며, 그것에 지지 않을 만한 수양과 노력을 일삼아 가려는 동시에 정월(晶月: 나혜석의 호-편집자 주)의 대명사인 '나열(羅悅: 첫 딸의 이름-편집자 주)의 모母'는 '모母 될 때'로 '모母 되기'까지의 있는 듯 없는 듯한 이상한 심리 중에 '있었던 것을' 찾아 여러 신식 어머니들께 '그렇지 않던가요, 안 그랬어요'라고 묻고 싶다.

재작년, 즉 1920년 9월 중순경이었다. 그때 나는 경성 인사동 자택 이층에서 병석에 누워 내객來客을 사절하였었다. 나는 원래 평시부터 호흡불순과 소화불량 병이 있으므로 별로 걱정할 것도 없었으나, 이상스럽게 구토증이 생기고 촉감이 예민해지며 식욕이 부진할 뿐 아니라 싫고 좋은 음식물 선택 구별이 너무 정확해졌다. 그래서 언젠지 철없이 그만 불쑥 증세를 말했더니, 옆에 있던 경험 있는 부인이 그것은 '태기요' 하는 말에 나는 깜짝 놀라 내놓은 말을 다시 주워 들이고 싶었다. 그러나 내가 과연 부끄러워서 그랬던 것도 아니요, 몰랐던 것을 그때 비로소 알게 된 것도 아니었다.

그러나 그로부터 나는 먹을 수 없는 밥도 먹고, 할 수 없는 일도 하여, 참을 수 있는 대로 참아가며, 그 후로는 '그 말'은 일절 입 밖에도 내지 않고, 어쩌면 그녀들로 의심을 풀게 할까 하는 것이 유일의 심려였다. 그러나 증세는 점점 심하여져서 이제는 참을 수도 없으려니와, 참고 말 아니하는 것으로만은 도저히 그녀들의 입을 틀어막을 방패가 되지 못하였다. 그러나 그래도 싫다. 한 사람 더 알아질수록 정말 싫다. 마치 내 마음으로 '그런 듯'하게 몽상하는 것을 그녀들 입으로 '그렇게' 구체화하려고 하는 듯싶었다.

어쩌면 그다지도 몹시 밉고 싫고 원망스러웠었던지! 그리하여 이것이 혹시 꿈속 일이나 되었으면! 언제나 속히 이 꿈이 반짝 깨어 '도무지 그런 일 없다' 하여질꼬? 아니 그럴 때가 꼭 있겠지 하며 바랄 뿐 아니라 믿고 싶었다. 그러나 오래지 않아 믿던 바 꿈이 조금씩 깨어져 왔다. '도무지 그럴 리 없다'고 고

집을 세울 용기는 없으면서도 아직까지도 아이다, 태기다, 임신이다라고 꼭 집어내기는 싫었다. 그런 중에 뱃속에서는 어느덧 무엇이 움지럭거리기 시작하는 것을 깨달은 나는 몸이 으슥해지고, 가슴에서 무엇인지 떨어지는 소리가 완연히 탕 하는 것 같이 들리었다.

나는 무슨 까닭인지 몰랐다. 모든 사람의 말은 나를 저주하는 것 같고, 바람에 날려 들리는 웃음소리는 나를 비웃는 것 같았다. 탕탕 부딪고 엉엉 울고도 싶었고, 내 살을 꼬집어 뜯어 줄줄 흐르는 빨간 피를 또렷또렷 보고도 싶었다. 아아, 기쁘기는커녕 수심에 싸일 뿐이요, 우습기는커녕 버적버적 가슴을 태울 뿐이었다. 책임 면하려고 시집가라 강권하던 형제들의 소행이 괘씸하고, 감언이설로 '너 아니면 죽겠다' 하여 결국 제 성욕을 만족케 하던 남편은 원망스럽고, 한 사람이라도 어서 속히 생활이 안정되기를 희망하던 친구님네, '내 몸 보니 속 시원하겠소' 하며 들이대고 싶을 만큼, 악만 났다.

그때에 나의 둔한 뇌로 어찌 능히 장차 닥쳐오는 고통과 속박을 추측하였을까. 나는 다만 여러 부인들에게 이러한 말을 자주 들어왔을 뿐이었다. '여자가 공부는 해서 무엇 하겠소. 시집가서 아이 하나만 낳으면 볼 일 다 보았지!' 하는 말을 할 때마다 나는 언제든지 코웃음으로 대답할 뿐이요, 들을 만한 말도 되지 못할 뿐 아니라 그럴 리 만무하다는 신념이 있었다.

이것은 공상이 아니라 구미 각국 부인들의 활동을 보든지, 또 제일 가까운 일본에도 요사노 아키코는 십여 인의 어머니로서 매월 논문과 시가 창작으로부터 그의 독서하는 것을 보면, 확실히 '아니하려니까 그렇지. 다 같은 사람, 다 같은 여자로 하필 그 사람에게만 이런 능력이 있으랴' 싶은 마음이 있어, 아무리 생각해 보아도 내가 잘 생각한 것 같았다. 그리하여 그런 말을 하는 부인들이 많을수록 나는 더욱 절대로 부인하고, 결국 나는 그녀들 이상의 능력이 있는 자로 자처하면서도 언제든지 꺼림칙한 숙제가 내 뇌 속에 횡행했었다.

그러나 그 부인들은 이구동언異口同言으로, '네 생각은 결국 공상이다. 오냐, 당해 보아라. 너도 별 수 없지' 하며 나의 의견을 부인하였다. 과연 연전까지 나와 같이 앉아서 부인네들을 비난하며 '나는 그렇게 아니 살 터이야' 하던 고등교육 받은 신여자들을 보아도 별다른 것 보이지 않을 뿐 아니라, 구식 부인들과 같은 살림으로 1년, 2년 예사로 보내고 있다. 아무리 전에 말하던 구식 부인들은 신용할 수 없더라도, 이 신부인의 가정만은 신용하고 싶었다. 그것은 결코 개선할 만한 능력과 지식과 용기가 없지 않다. 그러면 누구든지 시집가고 아이 낳으면 그렇게 되는 것인가, 되지 않고는 아니되나?

그러면 나는 그 고뇌에 빠지는 초보에 서 있다. 마치 눈 뜨고 물에 빠지는 격이었다. 실로 앞이 캄캄하여 올 때에 하염없이 눈물이 흘렀다. 그리하여 세상일을 잊고 단잠에 잠겼을 때라도 누가 곁에서 바늘 끝으로 찌르는 것같이 별안간 깜짝 놀라 깨어졌다. 이러한 때는 체온이 차가워졌다 더워졌다, 말랐다 땀이 흘렀다 하여 조바심이 나서, 마치 저울에 물건을 달 때 접시에 담긴 것이 쑥 내려가고 추가 훨씬 올라가는 것같이, 내 몸은 부쩍 공중으로 떠오르고 머리는 천근만근으로 무거워 축 처져버렸다.

너무나 억울하였다. 자연이 광풍을 보내 겨우 방긋한 꽃봉오리를 참혹히 꺾어버린다 하면 다시 뉘에게 애소할 곳이 있으리오마는, 그래도 설마 '자연'만은 그럴 리 없을 듯하여 애원하고 싶었다. '이렇게 억울하고 원통한 일도 또 있겠느냐'고.

나는 힐 일이 많다. 아니 꼭 **해야민** 할 일이 부지기수이다. 게다가 내 눈이 겨우 좀 뜨이려고 하는 때이었다. 예술이 무엇이며 어떠한 것이 인생인지, 조선 사람은 어떻게 해야 하겠고 조선 여자는 이리 해야만 하겠다는 것을, 이 모든 일이 결코 타인에게 미룰 것이 아니라 내가 꼭 해야 할 일이었다.

그것은 의무나 책임 문제가 아니라 사람으로 생겨난 본의라고까지 나는 겨우 좀 알아왔다. 동시에 내 과거 20여 년 생애는 모든 것이 허위요, 나태요, 무식이요, 부자유요, 허영의 행동이었다고 생각했다. 나는 과연 소위 전문학교까지 졸업하였다 하나, 남이 알까 보아 겁나도록 사실 허송세월의 학창시절이었고, 결국 유명무실의 몰상식한 데서 면할 수 없는 몸이 되었다. 인생을 비관하며 조선 사람을 저주하고 조선 여자에게 실망하였었다. 쓸데없이 부자유의 불평을 주창하였으며, 오늘 할 일을 내일로 미루어 버리는 일이 많았다. 나는 내게서 이런 모든 결점을 찾아낼 때 조금도 유망한 아무 장점이 보이지 않았다. 그러나 내게는 유일무이한 사랑의 힘이 옆에 있었고, 또 아직 20여 세 소녀로 전도의 요원한 세월과 시간이 내 마음껏 살아가기에 너무나 넉넉하였다.

이와 같이 내게서 넘칠 만한 희망이 생겼다. 터지지 않을 듯한 딴딴한 긴장력이 발했다. 전 인류에게 애착심이 생기고, 동포에 대한 의무심이 나며, 동류同類에 대한 책임이 생겼다. 이때와 같이 작품을 낸 적이 없었고, 이때와 같이 독서를 한 일이 짧은 생애이나마 과거에 한 번도 없었다. 나는 이 마음이 더 견고는 하여질지언정 약해질 리는 만무하고, 내 희망이 새로워질지언정 고정될 리 만무하리라, 꼭 신앙하고 있었다. 즉 내가 갈 길은 지금이 출발점이라고 하였다. 더구나 내게는 이러한 버리지 못할 공상이 있어서 나를 많이 도와 주었다.

내가 불행 중 다행으로 반 년 감옥생활 중에 더할 수 없는 구속과 보호와 징역과 형벌을 당해 가면서라도 옷자락을 뜯어 손톱으로 편지를 써서 운동시간에 내어 던지던 갖은 기묘한 일이 많았던 조그마한 경험상으로 보아, '사람이 하려고 하는 마음만 있으면 별 힘이 생기고, 못할 일이 없다'고, 이것만은 꼭 맛보아 얻은 생각으로 잊을 수 없이 내 생활 전체를 지배하고 있었다.

내 독신 생활의 내용이 돌변함도 이 까닭이었다.(지금까지는 아직 그 마음이 있지만.) 그와 같이 나는 희망과 용기 가운데서 펄펄 뛰며 살아갈 때이었다. 여러분은 이제는 나를 공평 정대히 심판하실 수 있겠다.

참 정말 억울했다. 이 모든 희망이 없어지는 것이 원통하였다. 이때에 마음으로는 세속 자실의 의미보다 그 이상의 악착스러운 원풀이 자살을 결심하였었다. 어떻게 저를 죽이면 죽는 제 마음까지 시원할까 하였다.

생의 인연이란 참 이상스러운 것이다. 나는 이 중에서 다시 살아갈 되지못한 희망이 났다. '설마 내 뱃속에 아이가 있으랴. 지금 뛰는 것은 심장이 뛰는 것이다. 나는 조금도 전과 변함 없이 넉넉한 시간에 구속 없이 돌아다니며 사생寫生도 할 수 있고, 책도 볼 수 있다'고 생각할 제, 나는 불만스러우나마 광명이 조금 보였다. 그러나 이와 같이 침착하게 정리되었던 내 속에서 어느덧 모든 것이 하나씩 둘씩 날아가 버리고, 내 속은 마치 고목이 속 비고 살아 있는 듯, 나는 텅 비어 공중에 떠 있고, 나의 생명은 다만 혈액순환에다가 제 목숨을 맡겨 버렸었다.

지금 생각건대 하느님께서는 꼭 나 하나만은 살려 보시려고 퍽 고생을 하신 것 같다. 그리하여 내게는 전생에서부터 너는 후생에 나가 그렇게 살지 말라는 무슨 숙명의 상급을 받아 가지고 나온 모양 같다. 왜 그러냐 하면 나는 그 중에서도 무슨 책을 보았었다. 그러나 어느 날 심야에 책을 읽다가 깜짝 놀라서 옆에 곤히 자던 남편을 깨워 임신 이래의 내 심리를 말하고, 나를 두 달 동안만 동경에 다시 보내주지 않으면 나는 다시 살아날 방책이 없다고 한즉, 고마운 그는 내게 쾌히 허락하여 주었다. 허락을 받는 순간에 '저와 같이 고마운 사람과 아무쪼록 잘 살아야지'라는 내게는 예상치 못했던 이중 기쁨이 생겼다.

나는 이상스럽게도 몽상의 세계에서 실제의 세계로 껑청 넘어 뛴 것 같았다. 아니, 뛰어졌었다. 이 두 세계의 경계선을 정확히 갈라 밟은 때는 내가 회당에서 목사 앞에 서서 이성에 대하여 공동 생애를 언약할 때보다 오히려 이 때였다. 나는 비로소 시간 경제의 타산이 생겼다. 다른 것은 다 예상치 못하더라도 아이를 낳으면 적어도 제 시간의 반은 그 아이에게 바치게 될 것쯤이야 추측할 수 있었다. 그리하여 1분이라도 내게 족할 때에 전에 허송한 것을 조금이라도 보충할까 하는 동기였다.

그러므로 내 동경행은 비교적 침착하였고 긴장하여 일분일각을 아껴 전문 방면에 전심을 다하였었다. 과거 4,5년간의 유학은 전혀 헛것이요, 내가 동경에 가서 공부를 하였다고 말하려면 오직 이 두 달뿐이었다. 내게는 지금도 그때의 인상밖에 남은 것이 없다.

그러나 나는 동창생 중에 미혼자를 보면 부러웠고, 더구나 활기 있고 건강한 그들의 안색, 그들의 체격을 볼 때 밉고 심사가 났다. 이렇게 수심에 싸인 남모르는 슬픔 중에 어느 동무는 아직 내가 시집가지 않은 줄 알고, '라상도 애인이 있겠지요' 하고 놀리었다. 나는 어물어물 '아니오' 하고 대답을 하면서 속으로 '나는 벌써 연애의 출발점에서 자식의 표지에 도달한 자다'라고 하였다. 어쩐지 저 처녀들과 좌석을 같이 할 자격까지 잃은 몸 같기도 하였다. 그들의 천진난만한 것이 어찌 부럽고 탐이 나던지, 무슨 물건 같으면 어떠한 형벌을 당하든지 도적질을 할지 몰랐을 것이다. 나는 이와 같이 내가 처녀 때에 기혼한 부인을 싫어하고 미워하던 감정을 도리어 내 자신이 받게 되었다. 그러나 그럭저럭 나는 벌써 임신 6개월이 되었다.

그러면 입으로는 '사람이 무엇이든지 아니하려니까 그렇지 안될 것이 없다…'고 하면서 아이 하나쯤 생긴다고 무슨 그다지 걱정될 것이 있나. 몇 자식이 주렁주렁 매어 달릴수록 그 중에서 남 못하는 일을 하는 것이 자기 말의 본의가 아닌가? 그러나 먼저 나는 어떠한 세계에서 살았었다는 것을 좀 더 말할 필요가 있다.

나는 실로 공상과 이상 세계에 살아온 자이었다. 그러므로 실세계와는 마치 동서양이 아주 먼 세계인 것과 같이, 아니 그보다도 더 멀고 멀어서, 나와 같은 자는 도저히 거기까지 가볼 것 같지도 아니하였다. 그러나 남들 보기에는 내가 벌써 결혼 세계로 들어설 때가 곧 실제 세계의 절반까지 온 것이었다. 그러나 내 심리도 그렇지 않았고, 또 결혼 생활의 내용도 역시 전혀 공상과 이상 속에서 살아왔다.

원래 내가 남의 아내가 되기 전에는 그 사실을 퍽도 무섭고 어렵게 생각하였다. 그리하여 나 같은 자는 도무지 사람의 아내가 되어 볼 때가 생전 있을 것 같지 아니하였다. 그러던 것이 스스로 깨닫거나 원했다기보다 우연한 기회로 타인의 아내가 되고 보니, 결혼 생활이란 너무나 쉬운 일 같았었다. 결혼 생활을 싫어하던 제일의 조건이던 공상세계에서 떠나기 싫은 것도 웬일인지 결혼한 후는 그 세계의 범위가 더 넓고 커질 뿐이었다.

그러므로 독신 생활을 주창하는 것이 너무 쉽고도 어리석어 보였다. 또 결혼 생활을 회피하던 제2조로 '구속을 받을 터이니까' 하던 것이 무슨 까닭인지 별안간에 심신이 매우 침착해져, 온 세계 만물이 내 앞에서는 모두 굴복을 하는 것 같고, 조금도 구속될 것이 없었다. 이는 내가 결혼 생활 후 세 달 동안에 경성 시가를 일주한 것이며, 더불어 학교에 매일 출근하였고, 또 열熱 나고 정情 있는 작품이 수십 개 된 것으로 충분히 증거를 삼을 수 있다. 그렇게 된 그 사실이 즉 실세계라 할는지 모르겠으나, 나는 도저히 공상과 이상 세계를 떠나고서는 이러한 정력이 계속될 수 없을 줄 알며, 이러한 신비적 생활을 할 수 없었으리라고 확신하는 바이다.

그러나 여기까지 이르러서도 어머니 될 생각은 꿈에도 없었나. 혹 생각해 본 일이 있었나 하면, 부인 잡지 같은 것을 보고 난 뒤에 잠깐 꿈같이 그리어 보았을 뿐이었다. 그리하여 아내가 되어볼 꿈을 꿀 때에는 하나에서 둘, 둘에서 셋, 그렇게 힘들지 않게 요리조리 배치해 볼 수 있었으나, 어머니 될 꿈을 꿀 때에는 하나가 나서고 한참 있다 둘이 나서며, 그 다음 셋부터는 결코 나서지 않으리라. 그리되면 더 생각해 볼 것도 아니하고, 떠오르던 생각은 싹싹 지워버렸다. 그러나 다른 것으로 이렇게 답답하고 알 수 없을 때에 내가 비관하여 몸부림하던 것에 비하면 너무 태연하였고 너무 낙관적이었다.

이와 같이 나로부터 '모母'의 세계까지는 숫자로 계산할 수 없을 만한 멀고 먼 세계였었다. 실로 나는 내 눈앞의 무궁무진한 사물에 대하여 배울 것이 하도 많고, 알 것이 너무 많았다. 그리하여 그 멀고 먼 딴 세계의 일을 지금부터 끄집어내는 것이 너무 부끄럽고 염치없을 뿐 아니라 불필요로 알았다. 그러므로 행여 그런 쓸데없는 것이 나와 내 뇌에 해롭게 할까 하여 조금 눈치가 보이는 듯만 하여도 어서 속히 집어치웠다.

그러면 내가 주장하는 그 말은 허위가 아니냐고 비난할 수 있을는지 모르겠다. 과연 모순된 일이었다. 그러나 생각하여 보면 당연한 일이 아닐까도 싶다. 즉, 지식이나 상상쯤 가지고서는 알아낼 수 없던 사실이 있다. 다시 말하면 이것이 사랑의 필연이요, 임의로 할 수 없는 혹은 우연의 결과로 치더라도 우리 부부 간에는 자식에 대한 욕망, 부모 되고자 하는 욕심이 없었다.

나는 분만기가 닥쳐올수록 이러한 생각이 났다. '내가 사람의 어머니가 될 자격이 있을까? 그러나 있기에 자식이 생기는 것이지' 하며 아무리 이리저리 있을 듯한 것을 끌어보나, 생리상 구조의 자격 외에는 겸양의 말이 아니라 정신상으로는 아무 자격이 없다고 하는 수밖에 없었다. 성품이 조급하여 조금 조금씩 자라가는 것을 기다릴 수 없을 듯도 싶고, 과민한 신경이 늘 고독한 것을 찾기 때문에 무시로 빽빽 우는 소리를 참을 만한 인내성이 있을 것 같지 않았다.

더구나 무지몰각하니 무엇으로 그 아이에게 숨어 있는 천분과 재능을 틀림없이 열어 인도할 수 있으며, 또 만일 먹여주는 남편에게 불행이 있다 하면 나와 그의 두 몸의 생명을 어찌 보존할 수 있을까. 그리고 나의 그림은 점점 불충실해지고, 독서는 시간을 얻지 못할 것이다. 다시 말하면 나는 나 자신을 교양하여 사람답고 여성답게, 그리고 개성적으로 살 만한 내용을 준비하려면, 썩 침착한 사색과 공부와 실행을 위한 허다한 시간이 필요하였었다. 그러나 자식이 생기고 보면 그러한 여유는 도저히 있을 것 같지도 않으니, 아무리 생각하여도 내게는 군일 같았고, 내 개인적 발전상에는 큰 방해물이 생긴 것 같았다. 이해와 자유의 행복된 생활을 두 사람 사이에 하게 되고, 다시 얻을 수 없는 사랑의 창조요, 구체화요, 해답인 줄 알면서도, 마음에서 솟아오르는 행복과 환락을 느낄 수 없는 것이 어찌나 슬펐는지 몰랐다.

나는 자격 없는 모母 노릇 하기에는 너무 양심이 허락지 아니하였다. 마치 자식에게 죄악을 짓는 것 같았다. 그리고 인류에게 대하여 면목이 없었다. 그렇게 생각다 못하여 필경 타태墮胎라도 하여버리겠다고 생각하여 보았다. 법률상 도덕상으로 나를 죄인이라 하여 형벌하면 받을지라도 조금도 뉘우칠 것이 없을 듯싶었다. 그러나 이것은 실제로 당하였을 때 순간적으로 일어나는 추악감에 불과하였고, 두 개의 인격이 결합하였고 사랑이 융화한 자타自他의 존재를 망각할 만치 영육靈肉이 절대의 어려운 처지 앞에 놓였을 때 능히 추측할 수 없는 망상에 불과하였었다고 나는 정신을 수습하는 동시에 깨달았다. 이는 다만 내 자신을 모멸하고 두 사람에게 모욕을 줄 뿐인 것을 진실로 알고 통곡하였다.

좀 더 해부적으로 말하자면 나는 항상 개인으로 살아가는 부인도, 중대한 사명이 있는 동시에 종족으로 사는 부인의 능력도 위대하다는 이지理智와 이상을 가졌으며, 그리하여 성적性的 방면으로 먼저 부인을 해방함으로 말미암아 부인의 개성이 충분히 발현될 수 있고, 또 그것은 '진리'라고 말하던 것과는 너무 모순이 크고 충돌이 심하였다.

내게 조금 자존심이 생기자 불안과 두려움의 마음이 불일 듯 솟아올라왔다. 동시에 절대로 요구하는 조건이 생겼다. 이왕 자식을 낳을 지경이면 보통이나 혹 보통 이하의 것을 낳고는 싫지 않았다. 보통 이상의 아름다운 얼굴에 마력을 가진 표정이며, 얻을 수 없는 천재이며, 특출한 개성으로 맹진할 만한 용감한 소질을 구비한 자를 낳고 싶었다.

그러면 아들이냐, 딸이냐? 무엇이든지 상관없다. 그러나 남자는 제 소위 완성자完成者가 많다 하니, 딸을 하나 낳아서 내가 못 해본 것을 한껏 시켜보고 싶었다. 한 여자라도 완성자를 만들어보고 싶었다. 그러하면 만일 딸이 나오려거든 좀 더 구비하여 가지고 나오라고 마음으로 빌었다.

그러나 낙심이다, 실망이다. 내 뱃속에 있는 것은 보통은 고사하고 불구자이다, 병신이다. 뱃속에서 뛰노는 것은 지랄을 하는 것이요, 낳으면 미친 짓하고 돌아다닐 것이 눈앞에 암암하다. 이것은 모두 내 죄이다. 포태抱胎 중에는 웃고 기뻐하여야 한다는데 항상 울고 슬퍼했으며, 안심하고 숙면하여야 좋다는데 끊임없이 번민 중에서 불면증으로 시냈고, 자양품을 많이 먹어야 한다는데 식욕이 부진하였다. 그렇게 갖은 못된 태교만 모조리 했으니 어찌 감히 완전한 아이가 나오기를 바랄 수 있었으리오. 눈이 삐뚜로 박혔든지, 입이 세로 찢어졌든지, 허리가 꼬부라졌든지, 그러한 악마 같은 것이 나와서, '이것이 네 죗값이다'라고 할 듯싶었다. 몸서리가 쪽 끼치고 사지가 벌벌 떨렸다. 이러한 생각이 깊어갈수록 정신이 아득하고 눈앞이 캄캄하여 왔다. 아아, 내 몸은 사시나무 떨 듯 떨렸다.

그러나 세월은 빠르기도 하다. 한 번도 진심으로 희망과 기쁨을 느껴보지 못한 동안에 어느덧 만삭이 당도하였다. 참 천만 의외에 기이한 일이 있었다. 이 사실만은 꼭 정말로 알아 주기를 바란다. 그 이듬해 4월 초순경이었다. 남편은 외출하여 없고 두 칸 방 중간 벽에 늘어져 있는 전등이 전에 없이 밝게 비추는, 온 세상이 잠든 듯한 고요한 밤 12시경이었다.

나는 분만 후 어린아이에게 입힐 옷을 백설 같은 가제로 두어 벌 말라서 꿰매고 있었다. 대중을 할 수가 없어서 어림껏 조그마한 인형에게 입힐 만하게 팔 들어갈 데, 다리 들어갈 데 를 만들어서 방바닥에다 펴놓고 보았다. 나 자신도 모르게 문 득 기쁜 생각이 넘쳐 올랐다. 일종의 탐욕성인 불가사의의 희 망과 기대와 환희의 생각을 느끼게 되었다. 어서 속히 나와 이 것을 입혀 보았으면, 얼마나 고울까 사랑스러울까. 곧 궁금증 이 나서 못 견디겠다. 진정으로 그 얼굴이 보고 싶었다. 그렇 게 만든 옷을 개켰다, 폈다, 놓았다, 만졌다 하고 기뻐 웃고 있 었다. 남편이 돌아와 내 안색을 보고 그는 같이 좋아하고 기뻐 하였다. 두 사람 사이에는 무언중에 웃음이 밤새도록 계속되 었다. 이는 결코 내가 일부러 기뻐하려던 것이 아니라, 순간적 감정이었다. 이것만은 역설을 보태지 않고 자연성 그리로 오래 두고 싶다. 임신 중 한 번도 없었고, 분만 후 한 번도 없는 경험이었다.

그 달 29일 오전 2시 25분이었다. 내가 지금까지 갖은 병 앓아 보던 아픔에 비할 수 없는 고통을 근 10여 시간 겪어 거의 기진하였을 때에, 이 세상이 무슨 그다지 볼 만한 곳인지 구태여 기어이 나와서 '으앙으앙' 울고 있었다. 그때 나는 몇 번이나 울었는지 산파가 어떻게 하며, 간호부가 무엇을 하고 있는지 도무지 모르고, 시원한 것보다 아팠던 것보다 무슨 까닭 없이 대성통곡하였다. 다만 서러울 뿐이고 원통할 따름이었다. 그 후는 병원 침상에서 스케치북에 이렇게 쓴 것이 있다.

아프데 아파

참 아파요 진정

과연 아프데

푹푹 쑤신다 할까

씨리 씨리다 할까

딱딱 걸린다 할까

쿡쿡 찌른다 할까

따끔따끔 꼬집는다 할까

찌르르 저리다 할까

깜짝깜짝 따갑다 할까

이렇게 아프다나 할까

아니라, 이도 아니라

박박 뼈를 긁는 듯

쫙쫙 살을 찢는 듯

빠짝빠짝 힘줄을 옥죄는 듯

쪽쪽 핏줄을 뽑아내는 듯

살금살금 살점을 저미는 듯

오장이 뒤집혀 쏟아지는 듯

도끼로 머리를 바수는 듯

이렇게 아프다나 할까

아니라, 이도 또한 아니라

조그맣고 샛노란 하늘은 흔들리고

높은 하늘 낮아지며

낮은 땅 높아진다

벽도 없이 문도 없이

통하여 광야 되고

그 안에 있는 물건

모(어머니) 된 감상기

쌩쌩 돌다가는

어쩌면 있는 듯

어쩌면 없는 듯

어느덧 맴돌다가

갖은 빛 찬란하게

그리도 곱던 색에

매몰히 씌워주는

검은 장막 가리우니

이 내 작은 몸

공중에 떠 있는 듯

구석에 끼여 있는 듯

침상 아래 눌려 있는 듯

오그려졌다 펴졌다

땀 흘렸다 으스스 추웠다

그리도 괴롭던가!

그다지도 아프던가!

차라리

펄펄 뛰게 아프거나

쾅쾅 부딪게 아프거나

끔벅끔벅 기절하듯 아프거나

했으면

무어라 그다지

10분간에 한 번

5분간에 한 번

금세 목숨이 끊일 듯이나

그렇게 이상히 아프다가

흐리던 날 햇빛 나듯

반짝 정신 상쾌하며

언제나 아팠는 듯

무어라 그렇게

갖은 양념 가하는지

맛있게도 아파라

어머님, 나 죽겠소

여보 그대, 나 살려주오

내 심히 애걸하니

옆에 팔장 끼고 섰던 부군

'참으시오' 하는 말에

'이놈아, 듣기 싫다'

내 악 쓰고 통곡하니

이 내 몸 어이타가

이다지 되었던고

– 1921년 5월 8일 산욕産褥 중에서

분만 후 24시간이 되자, 산파는 갓난아이를 다른 침대에서 담쑥 안아다가 예사로이 내 옆에다가 살며시 뉘이며, '이젠 젖을 주어도 좋소' 한다. 나는 깜짝 놀라 '응? 무엇' 하며 물으니까, 그녀는 생긋 웃으며 '첫 애기지요, 아마?' 한다. 부끄럽고 이상스러워서 아무 대답도 아니했다. 그녀는 벌써 눈치를 채었던지 자기 손으로 내 젖을 꺼내서 주물러 풀고 나서는 '이렇게 먹이라'고 내 팔 위에다가 갓난아이의 머리를 얹어 그 입이 꼭 내 젖꼭지에 달 만치 대어주며 젖 먹이는 방법을 가르쳐 주었다.

나는 어쩐지 몹시 선뜻했다. 냉수를 등에다 쭉 끼치는 듯하였다. 나를 낳고 기른 부모도, 또 골육骨肉을 같이한 형제도, 죽자 사자 하던 친구도 아직 내 젖을 못 보았고, 물론 누구의 눈에든지 띌까 보아 퍽도 비밀히 감추어 두었었다. 그 싸고 싸아둔 가슴을 대담히 헤치며 아직 입김을 대어 못 보던 내 두 젖을 공중 앞에 전개시키라는 명령자는 어제야 겨우 세상 구경을 한 핏덩어리였다.

이게 웬일인가? 살은 분명히 내 몸에 붙은 살인데, 절대의 소유자는 저 조그만 핏덩이로구나! …

그리하여 저 소유자가 세상에 나오자마자 으레 제 물건 찾듯이 불문곡직하고 찾는구나! 나는 웃음이 나왔다. '세상 일이 이다지 허황된가' 하고. 그리고 '에ー라, 가져가거라' 하는 퉁명스러운 생각으로 지금까지 맡아두었던 두 젖을 조그마한 소유자에게 바치었다. 그리고 그 하회를 기다리고 앉았었다. 그 조그만 주인은 아주 예사롭게 젖꼭지를 덥석 물더니 쉴새없이 마음껏 힘껏 빨고 있다. 내 큰 몸뚱이는 그 조그마한 입을 향하여 쏠리고, 마치 허다한 임의의 점과 점을 연결하면 초점에 달하듯 내 전신 각 부분의 혈맥이 그 조그마한 입술의 초점으로 모여드는 듯싶었다. 이와 같이 벌써 모母 된 선고를 받았다.

그러나 설상雪上에 가상加霜이다. 60일 동안은 겨우 부지를 하여가더니 그 후부터는 일절 젖이 나오지를 않는다. 이런 일은 빈혈성인 모체에 흔히 있는 사실이지만, 유모를 구하려야 입에 맞는 떡으로 그리 쉽사리 얻을 수도 없고, 밤중 같은 때에는 자기의 젖으로 쉽게 재울 수 있을 것도, 숯을 피운다, 그릇을 가져온다, 우유를 데운다 하는 동안에, 어린애는 금방 죽을 듯이 파랗게 질려서 난가亂家를 만든다. 그러나 겨우 먹여

재워놓고 누우면 약 두 시간 동안은 도무지 잠이 들지 않는 것이 보통이었으나, 어찌어찌해서 잠이 들 듯하게 되면 또다시 바스스 일어나서 못살게 군다.

이러한 견딜 수 없는 고통이 몇 달간 계속되더니 심신의 피곤은 이젠 극도에 달하여 정신엔 광증狂症이 생기고, 몸에는 종기가 끊일 새가 없었다. 내 눈은 항상 체 쓴 눈이었고, 몸은 마치 독갑이(도깨비의 옛말 - 편집자 주) 같아 해골만 남았었다.

그렇게 내가 전에 희망하고 소원하던 모든 것보다 오직 아침부터 저녁까지 똑 하루만, 아니 그는 바라지 못하더라도 꼭 한 시간만이라도 마음을 턱 놓고 잠 좀 실컷 자보았으면 당장 죽어도 원이 없을 것 같았다. 나도 전에 잠잘 시간이 너무 족할 때는 그다지 잠에 뜻을 몰랐더니 '잠'처럼 의미 깊은 것이 없는 줄 안다. 모든 성공, 모든 이상, 모든 공부, 모든 노력, 모든 경제, 모든 낙관의 원천은 오직 이 '잠'이다. 숙면을 한 후는 식욕이 많고, 식욕이 있으면 많은 반찬이 무용이요, 소화 잘 되니 건강할 것이요, 건강한 신체는 건전한 정신의 기본이다. 이와 같이 어디로 보든지 '잠' 없고는 살 수 없는 것이다. 진실로 잠은 보물이요, 귀물이다.

그러한 것을 탈취해 가는 자식이 생겼다 하면, 이에 더한 원수는 다시없을 것 같았다. 그러므로 나는 '자식이란 모체의

살점을 떼어가는 악마'라고 정의를 발명하여 재삼 숙고하여
볼 때마다 이런 걸작이 없을 듯이 생각했다. 나는 이러한 애소
哀訴의 산문을 적어두었던 일이 있었다.

세인들의 말이

실연한 나처럼

불쌍하고 가련하고

참혹하고 불행한 자는

또 없으리라고

아서라, 말아라

호강에 겨운 말

여기 나처럼

눈이 꽉 붙고

몸이 착 붙어

어쩔 수 없을 때

눈 떠라, 몸 일으켜라

벼락 같은 명령 받으니

네게 대한 형용사는

쓰기까지 싫어라.

모(어머니) 된 감상기

잠 오는 때 잠자지 못하는 자처럼 불행, 고통은 없을 터이다. 이것은 실로 이브가 선악과 따먹었다는 죗값으로 하느님의 분풀이보다 너무 참혹한 저주이다. 나는 이러한 첫 경험으로 인하여 태고부터 지금까지의 모든 어머니가 불쌍한 줄을 알았다.

더구나 조선 여자는 말할 수 없다. 천신만고로 양육하려면 아들이 아니요 딸이라고 구박하여 그 벌로 축첩蓄妾까지 한다. 이러한 야수적 멸시 아래서 살아갈 때 그 설움이 어떠할까. 그러나 부득이하나마 그들의 몸에는 살이 있고, 그들의 얼굴에는 웃음이 있다. 그들의 생활은 전혀 현재를 희생하여 미래를 희망하는 수밖에 살 길이 바이없었다. 오죽하여 그런 생을 계속하여 오리오마는 그들의 진정에서 우러나오는 연애심戀愛心이며, 이것을 어서 속히 길러서 '그 덕에 호강을 해야지' 하는 희망과 환락을 생각할 때 실로 그들에게는 잘 수 없고, 먹을 수 없는 고통도 고통이 아니요, 양육할 번민도 없었고, 구박 받는 비애를 잊었으며, 궁구窮究하는 적막寂寞이 없었다. 말하자면 자연 그대로의 하느님, 그 몸대로의 선하고 아름다운 행복의 생활이었다. 그러므로 한 사람의 어머니보다도 두 사람, 세 사람 다수의 어머니가 될수록 천당 생활로 화하여 간다고 할 수 있다.

나는 어느 심야에 잠 잃고 조바심이 날 때 문득 이러한 생각이 솟아오르자 주먹을 불끈 쥐고 벌떡 일어나 앉았다. '옳지, 이제는 알았다! 부모가 자식을 왜 사랑하는지? 날더러 아들을 낳지 않고, 왜 딸을 낳았느냐고 하는 말을.' 나와 같이 자연을 범하려는, 아니 범하고 있는 죄의 피가 전신에 중독이 된 자의 일시의 반감에서 나온 말이지마는, 확실히 일면으로 진리가 된다고 자긍한다.

부모가 자식을 사랑하는 것은 솟아오르는 정이라고들 한다. 그러면 아들이나 딸이나 평등으로 사랑할 것이다. 어찌하여 한 부모의 자식에게 대하여 출생시부터 사랑의 차별이 생기고, 조건이 생기고, 요구가 생길까. 아들이니 귀엽고 딸이니 천하며, 여자보다 남자를, 약자보다 강자를, 패한 자보다 이긴 자를 — 이런 절대적 타산이 생기는 것이 웬일인가. 이 사실을 보아서는 그들의 소위 솟는 정이라고 하는 것을 믿을 수 없다. 그들의 내면에는 무슨 이만한 비밀이 감추어 있는 것이 분명하다.

나는 지금까지 항상 부모의 사랑을 절대로 찬미하여 왔다. 연인의 사랑, 친구의 사랑은 반드시 보수적報酬的인 반면에 부모의 사랑만은 영원무궁한 절대의 무보수적 사랑이라 하였다. 그러므로 나는 조실부모한 것이 섧고 분하고 원통하여 다시 그런 영원의 사랑 맛을 보지 못할 비애를 느낄 때마다 견딜 수 없어서 쩔쩔매었다. 그러나 그것은 나의 오해이었음을 깨달을 제 낙심되었다. 실망하였다. 정이 떨어졌다.

그들은 자식인 우리들에게 절대 효孝를 요구하여 보은하라 명령한다. '효는 모든 행위의 근본百行之本'이요, '불효보다 큰 죄는 없다罪莫大於不孝' 하며, 아버지가 돌아가시면 3년을 아버지의 뜻을 거스르지 않고 받들어야 효라 할 수 있다고 하여 왔다. 그렇게 자식은 부모의 절대적 노예였으며 부속품이었고, 일생을 두고 부모를 위하여 희생하는 물건이 되어 버렸다. 이렇게 사랑의 분량과 보수報酬의 분량이 늘 평행하거나 어떠한 때는 도리어 보수 쪽에 무게가 놓인 적이 있었다. 이렇게 우애나 연애에 다시 비할 수 없는 절대의 보수적 사랑이요 악독한 사랑이었다.

그러므로 절대의 타산이 생기고 이기심이 발하여, 국가의 흥망보다도 개인의 안일을 취함에는 딸보다 아들의 수효가 많아야만 하였고, 딸은 무식하더라도 아들은 박식하여야만 말년에 호강을 볼 수 있는 것이라 하였다. 그들이 아들에 대하여 미래에는 어찌나 무한한 희망과 쾌락이 있는지 고통 번민까지 잃고 지내왔다. 이는 능력자보다 무능자에게 강하고, 개명국보다 야만국 부모에게 많이 있는 사실이다. 나는 다시 부모의 사랑을 원치 않는다. 일찍이 부모를 여읜 것은 내 몸이 자유로 해방

된 것이요, 내 일事業이 국가나 인류를 위하는 일이 되게 천만 행복의 몸이 되었다.

당돌하나마 나는 최후로 이런 감상을 말하고 싶다. 세인들은 항용 모친의 사랑이라는 것은 처음부터 어머니 된 자 마음속에 구비하여 있는 것같이 말하나, 나는 도무지 그렇게 생각이 들지 않는다. 혹 있다 하면 제2차부터 어머니 될 때에야 있을 수 있다. 즉, 경험과 시간을 거쳐야만 있는 듯싶다.

속담에 '자식은 내리사랑이다' 하는 말에 진리가 있는 듯싶다. 그 말을 처음 한 사람은 혹시 나와 같은 감정으로 한 말이 아닌가 싶다. 최초부터 구비하여 있는 것이 아니라, 적어도 5,6개월 동안 장시간을 두고 포육哺育할 동안 영아의 심신에는 기묘한 변천이 생기어 그 천사의 평화한 웃음으로 모심母心을 자아낼 때, 이는 나의 혈육으로 된 것이요, 내 정신에서 생겨난 것이라 의식할 순간에 비로소 자릿자릿한 어머니 된 처음 사랑을 느끼지 않을 수 없다.

(내 경험상으로 보아 대동소이한 공통의 성질로) 모심母心에 이런 싹이 나서 점점 넓고 커갈 가능성이 생긴다. 그러므로 '솟는 정'이라는 것은 순결성, 즉 자연성이 아니요 단련성이라 할 수 있다. 이는 종종 있는 유모에 맡겨 포육케 한 자식에게는 별로 어머니의 사랑이 그다지 솟지 않는 것을 보면 알 수 있다.

바꾸어 말하면 천성으로 구비한 사랑이 아니라, 포육할 시간 중에서 발하는 단련성이 아닐까 싶다. 즉, 그런 솟아오르는 정의 본능성이 없다는 부인이 아니라, 자식에 대한 정이라고 별다른 것은 아니라고 말하고 싶다.

그 다음에 나는 자식의 필요를 아무렇게 하여서라도 알고 싶다. 그러나 쉽게 깨달을 수는 없다. 다음 세대를 낳아 다음 세대를 교양하는 것은 일반 부인에게 내린 천직이다. 자연의 주장이요 발전이다. 이런 개념적 이지理智와 내가 당한 감정과는 너무 거리가 떨어져 있다. 생물은 종족번식의 목적으로 낳고 살아가니까라는 말도 내게는 아무 상관없는 듯싶다. '가정에 아이가 없으면 너무 단순하니까.' 달리 더 복잡히 살 방침이 많은데. '연로하여 의지하려니까.' 나는 늙어 무능해지거든 깊은 삼림 속 포곤포곤한 푸른 잔디 위에서 자결하려는데.

이 빽빽 우는 울음소리만 좀 안 들었으면 고적한 맛을 더 좀 볼 듯싶으며, 이 방해물이 없으면 침착한 작품도 낼 수 있을 듯싶고, 자식으로 인한 피곤 불건강이 아니면 아직도 많은 정력이 있을 터인데, 오직 이것으로 인하여 이렇게 절대 필요의 반비례로 절대 불필요가 앞서 나온다.(사람들이 공통으로 가지고 있는 성질이 아니라 독단으로.)

그럴 동안 나는 자식의 필요로 조그마한 안심을 얻었다.

사람은 너무 억울한 모순 중에 들어박혀 있다. 그의 정신은 영원히 자라갈 수 있고, 그의 이상은 무한으로 자아낼 수 있으나, 오직 그의 생명의 시간이 유한 중에 너무 짧고, 그의 정력이 무능 중에 너무 유한하다. 이렇게 무한적 정신에 유한적 육신으로 창조해 낸 조물주도 생각해 보니 너무 할 일이 없는 듯싶어 이에 자식을 내리사, 너 자신이 실행하다가 못한 이상을 자식에게 실현케 하라 한 듯싶다.

그리하여 한 사람의 이상 중에는 미술도 문학도 음악도 의학도 철학도 교육도 보는 대로 듣는 대로 하고 싶다마는, 재능이 부족할 뿐 아니라 정력이 계속 못되어 필경 하나나 혹 둘쯤밖에, 즉 문학가로 음악을 조금 알 도리밖에 없다. 다른 모든 것에는 시간을 바칠 여가가 없어진다. 이럴 때 미술을 좋아하는 딸, 의학이나 철학을 좋아하는 아들이 자라가면 자기가 좋아하나 다못 실행치 못하던 것을 간접인 제2 자기 몸에 실현하려는 욕망과 노력과 용감이 생기는 것 아닌가 싶다.

그러므로 자식의 의미는 단수에 있는 것이 아니라 복수에 있는 것같이 생각된다. 만일 정신적으로는 모든 희망이 구비하고 정력이 계속될 만한 자신이 있더라도, 육신이 쇠약하여 잠시도 병상을 떠날 수 없어 그 이상과 실행에는 하등의 관계가 없는 것같이 되면, 고통 그것은 우리 생활을 향상하는 데 아무

의미가 없을 것이요, 가치가 없을 것이다. 즉, 지식으로나 수양으로 억제치 못할 불건강의 몸이 되고 본즉, '사람이 아니하려니까…' 운운 하던 것도 역시 공상이다, 망상이었다.

– 1922년 4월 29일. (딸의) 한 살 생일에 김나열 모

나를 잊지 않는 행복

우리는 누구든지 팔자 좋게, 다시 말하면 행복스럽게 살기를 원하고 바란다. 또 그러하기를 힘쓴다.

뒤에 산을 끼고 앞에 물이 흘러 봄철에 꾀꼬리 소리며 여름날에 뱃놀이로 공기 좋고 경치 좋은 2,3층 양옥 가운데서 남녀 노복奴僕이 즐비하고 자손이 번창한 부호가의 주부가 되면, 이야말로 더 바랄 수 없는 소위 행복을 가진 사람이라 할 것이다.

그러나 이와 같이 평온무사한 것을 우리 행복의 초점을 삼는다면, 행복은 확실히 우리의 생활을 굳게 시키는 것이요, 활기 없게 만드는 것이며, 게으르게 만들 것이요, 우리로 하여금 퇴보자요 낙오자가 되게 할 것이다.

우리 중에 한 사람도 자기를 잊고 사는 사람은 없을 것이다. 그러므로 우리는 잘 먹고 잘 입고 편안히 살려고 하는 것이다. 그러나 우리 조선 여자는 확실히 예부터 오늘까지 다 '나를 잊고' 살아왔다.

우리가 지금까지 잘 입고 잘 먹고 낙오되지 않게 살려고 한 것은 오직 과로를 못 견딘 희망에 지나지 않고, 사치에 쏠린 허영에 지나지 아니하였다. 아무 한 가지도 그 스스로 노력해 본 일이 없었고, 스스로 구해 본 일이 없었으며, 그 혼자 번민해 본 일이 없었고, 제 것으로 얻은 것이 아무 것도 없었다.

슬프다. 기엽다. 미망히 찾아야만 할, 지켜야 할 나를 잊고 사는 것, 이것이야말로 처량한 일이 아닌가! 우리는 너무나 겸손하여 왔다. 아니 나를 잊고 살아왔다. 자기의 내심에 숨어 있는 무한한 능력을 자각 못했었고, 그 능력의 발현을 시험하여 보려들지 않을 만치 전체가 희생뿐이었고, 의뢰뿐이었다.

마땅히 아껴야 할, 반드시 사랑하여야 할 우리 몸을 그렇게 되는 대로 아무렇게나 굴려 왔으나, 지금 앉아서 과거를 회억하니 끔찍스러워 내 뼈와 살에 대하여 눈물을 뿌리지 않을 수 없게 된다.

세상에는 평범한 가운데서 자기만은 무슨 장래의 보증할 것이 튼튼히 있는 것같이 안심하고 있는 자가 많으니, 더욱이 우리 여자 중에 많은 게 사실이다.

보라! 얼마나 귀중히 여기고 보호하던 생명조차 하루아침 하룻밤에 끊어지지를 않는가! 철석같이 맹세한 연인 동지의 마음이 변하지 않는가. 최고 행복도 아무렇지도 않게 없어지고 마는 것이 아닌가. 이와 같이 다른 사람에게서 받는 행복은 결코 믿을 바가 아니다. 연인에게 뜨거운 사랑을 받고 벗에게 믿음을 얻는다 해도 이는 일정한 시간이 되면 반드시 싫증이 나는 것이요, 변하는 것이다. 그 끝이 길이 이끌지 못할 것을 미리 생각하여야 할 것이다. 어째서 그러냐 하면 만일에 그 행복을 잃어버리는 날에는 오직 무능자가 될 것이요, 실망자로 자처할 수밖에 없을 터이니까.

그리하여 이 한때의 행복을 빼앗길 때마다 어느 때든지 그 상처를 아무릴 만한 행복을 늘 준비하는 것이 우리의 더할 수 없는 일거리요, 희망하는 바 일이다. 이는 역시 자기를 잊지 말고 살아가려는 목표를 정하는 여하에 있는 것이다. 다시 말하면 오늘까지 무의식하게 자기를 잊고 살아온 가운데서 유의

식하게 자기를 잊지 않고 살아가는 데 있다고 생각한다.

우리는 어서 속히 내 한 몸이 있는 것을 확인하여야 하겠고, 동시에 내 몸이 귀엽고 사랑스럽고 아껴야 할 것을 잊지 않도록 되어야 하겠다. 내 몸이 귀엽거늘 어찌 남의 손에만 맡겨둘 수 있겠으며, 내 몸이 사랑스럽거늘 어찌 반드시 유한한 다른 사람의 사랑으로만 만족할 수 있으랴! 내 몸이 아깝거늘 어찌 남의 일만 죽도록 보아주고 남을 편하게 해주기만으로 일생을 보낼 수 있으랴! 자기를 잊지 않고서라야 남을 진심으로 사랑할 수 있을 것이요, 자기를 잊지 아니하는 가운데에 여자의 해방, 자유, 평등이 다 있는 것이요, 연애의 철저가 있을 것이며, 생활 개선의 기초가 잡힐 것이며, 경제상 독립의 마음이 날 것이다.

다시 말하면 우리가 가장 무서워하던 불행이 언제든지 내습할지라도 염려 없이 받아넘길 수 있을 것이다. 거기에 아무러한 고통이 있을지라도 그 고통 중에서 일신일변—新一變할지언정 결코 패배를 당할 이치는 만무하다. 혹 그와 같이 불행을 고대하고 있는 불안한 생활이 어찌 진실한 생활이 될 수 있겠느냐고 말할는지 모르나, 그러나 나는 결코 다른 사람의 행위를 간섭하거나 다른 사람으로 하여금 비겁한 경우에 이르도록 하자는 것은 결코 아니다.

우리인 여자가 다른 사람인 남자에게 사랑과 보호와 부양을 받게 될 때에는 할 수 있는 대로는 만족하게 많이 받고자 원하는 바이다. 오직 원하는 바는 외형의 여하한 행복을 받든지 또는 외형의 여하한 행복을 잃어버리든지, 행복의 샘泉 되는 내 마음 하나를 잊지 말자는 것이다.

아니 이렇게 절대의 요구가 아니요 절대 명령이 아니라, 우리의 마음이, 우리의 수양이 거기까지 자연히 도달하게 되었으면 하는 희망이다.

요컨대 우리들의 현재 또는 미래 생활 목표의 신앙과 행복은 오직 '자기를 잊지 않고' 살아가는 이외에는 아무 것도 우리의 마음을 기쁘게 해줄 것이 없을 것이다. 이로써 말미암아 심오한 생활을 할 수 있고, 그 욕심 많은 생활을 여러 가지 수단 방법 때문에 점차로 체험할 수 있겠으며, 하나를 완성하면 다시 새로운 하나를 추구할 것이요, 동시에 많은 종류의 생활을 일신상에 종합하려고 시련할 것이다. 즉 자기의 내면 생활의 전개를 자기가 보장하려는 심리로 마음 속 깊은 곳에서 일어나는 것인 만치 지실하겠고, 동시에 결핍한 현재의 정도와 실력에 정체하는 것을 즐기지 아니하고 항상 불만을 품고 불민을 자각함으로써 자진하여 이를 확충하는 데 힘쓸 것이다.

그러므로 우리는 편히 그날그날을 무사히 지내는 행복을 행복이라고 할 수 없는 것이다. 도리어 그 평범한 행복에 만족하고 집착해 있는 것을 치욕이라고 할 수 있다. 동시에 현재 이러한 환경 중에 살아가면서 우리들의 할 일은 이 현실을 바로 보는 데 있고, 이 현실 중에 있는 가장 우수한 자질상 미래 생활의 싹을 북돋워 기르는 데 있는 것이다. 이러한 것을 생각하더라도 잠시라도 방심하여 자기를 잊고 어찌 살 수 있으랴!

모든 인류는 이와 같이 절대로 자기가 각각 그 경우에 있어서 발견하는 사회의 성립을 희망하게 되어야 할 것이다. 이러한 사회야말로 풍려하고 청신하고 활기가 돌 것이다.

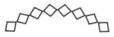

생활 개량에 대한 여자의 부르짖음

먼저 마음부터 고칩시다. 그리고 살림을 고칩시다.

나는 조선 사람의 살림살이를 불러 야명조夜明鳥의 살림과 같다고 하고 싶습니다. 인도 설산 히말라야 산중에 야명조라는 새가 있답니다. 이 새는 웬일인지 일평생을 두고 결코 보금자리를 짓는 일이 없답니다. 그리하여 밤이 되면 높은 산 추위는 우모羽毛를 찌르고, 고원지구 넓은 뜰을 넘어드는 찬바람은 늙은 나무 가지를 흔들어, 겨우 부접하여 있는 새들을 쫓아냅니다. 캄캄한 바람과 찌르는 찬 바람에 싸여 갈 길을 방황할 때, 새들은 일제히 '밤이 밝거든 보금자리를 짓자夜明造巢'라고 운답니다.

그러한 무섭고 괴로웠던 끔찍한 밤이 다 가고 붉은 아침해가 솟아오를 때, 비로소 활기와 빛을 얻어 휘황한 우모에 두 날개를 펴서 삼삼오오 짝을 지어 동서남북으로 흩어지나니, 이 오천 광야에는 예부터 곡물과 곤충이 많이 있으므로, 밤새도록 '야명조소' '야명조소' 하고 울고 있던 새들도 눈앞에 널려 있는 밤나무, 무화과며, 포도 잎새 그늘에 숨어 있는 모충에만 마음이 쏠려, 그만 보금자리 지을 생각은 멀리 잊어버려 두고, 그와 같이 종일 실컷 놀고 마음껏 먹고 나서 설산 산림 중에 돌아와서는, 밤이 되면 또 '야명조소' '야명조소'라고 운답니다. 이렇게 하기를 일생을 두고 하다가 죽는답니다.

'살림살이를 개량하여야겠다. 사는 것답게 살아야겠다. 지금 아는 것으로는 부족하니 더 배워야 하겠다' 이러한 부르짖음이 웬만한 사람 중에는 당연한 문젯거리가 되고 말았습니다. 그러나 지금까지 딱 결단을 하여 개량의 실적을 보인 이를 별로 볼 수 없습니다. 다만 안심치 않은 살림으로 하루 이틀을 지내고 있을 뿐입니다.

물론 여러 원인과 장애가 있을 것입니다. 그러나 의지가 약하고 반성이 박한 것이 큰 원인일 것입니다. 그리고 선조로부터 내려온 인습에 얽매여 당장 고칠 수 없는 사정도 있을 것입니다. 더욱이 주위의 비난으로 하여 고칠 수 없을 수도 있을 것입니다.

즉, '이렇게 하면 다른 사람이 웃지나 아니할까, 감정을 사지나 않을까, 교제상 비평하지 아니할까' 하는 경우도 적지 않을 것입니다. 그리하여 대담하게 해야만 할 때까지 하지를 못하고, 언제든지 안정이 없고 본뜻이 아닌 살림을 하게 됩니다. 남이야 어찌 알든지 상관없이 자기 혼자 정당한 길을 밟는다든지, 습관된 폐풍을 개량한다는 것은 실로 쉽지 않은 일입니다.

혹시 이러한 결심이 있어 남이 못하는 일을 해보겠다고 하다가도, 자칫하면 많은 가운데로 끌려가고, 시간을 따라 결심하였던 것이 언젠지 모르게 쇠멸해 버리기 쉽습니다. 즉, 다른 사람과 같은 행동을 취하여야만 할 때에 일종의 고통을 깨닫게 되었으나, 어느덧 아무 고통을 깨닫지 않게 되면, 벌써 생활 개량이라든지 더 배우겠다는 여지가 없어지고 힘쓰지도 않을 뿐 아니라, 동화되는 것을 느끼지 못할 만큼 별로 살림 개량할 필요가 없어지며, 결국 아무렇게나 이럭저럭 되는 대로 살다가 죽으면 그만이지 하는 귀찮은 생활을 하게 되는 것을 몇

이라도 볼 수가 있는 오늘날입니다.

일본 유학생이 일본 있을 때 책상머리를 주먹으로 치며 '조선 사람은 부지런하여야만 하겠다, 책을 많이 보아야겠다' 하고 생활 개량을 부르짖다가도, 조선 땅을 밟으면 어느덧 아침잠이 늘어가고, 매일 오는 신문도 접은 채로 쌓아두는 일을 흔히 볼 수 있습니다. 또 시골서 서울로 올라온 남녀 사람들이 자기 고향의 더럽고 정돈 못된 살림살이를 개량하겠다고 결심하고 돌아갔다가는 그냥 돌아서 올 뿐 아니라, 자기조차 더럽고 질서 없는 짓을 내어버리지 못하는 것을 많이 볼 수 있습니다. 이런 예를 모두 예를 들자면 얼마라도 있을 것입니다.

하여간 '그대로 그럭저럭 살자'는 것이, 죽지 못하여 사는 이것이 우리 지금 생활의 방법이요, 목적입니다. 다시 말하면 사람의 개량이 무슨 그다지 큰 효과가 있으랴 하고 스스로 머리를 숙여, 게으름을 부려, 시로 앞을 사양하는 동안에, 또다시 전과 같은 살림을 되풀이하게 되는 것입니다. 어느 때까지든지 이와 같이 계속해 가면 개량 진보는 감히 바랄 수 없는 것입니다.

그러나 우리 중에 오직 한 사람이라도 진정으로 자기의 행복을 구하고 자기의 이상을 실현하기 위하여 분발 용투한다면, 거기에 생활에 대한 새 뜻을 찾을 수 있을 것이요, 그리하여 오직 한 사람의 힘이라도 반드시 영향을 끼칠 일이 있을 것입니다. 이렇게 사람마다 그 마음을 늘 개량에다 두고 살 수 있다면, 우리 생활은 활기를 띨 수 있겠고, 살아 있는 맛을 알 수가 있을 것입니다. 이것이 우리 사람들의 생활을 견실하게 하는 상태라고 생각합니다.

나는 그동안 신문에서나 잡지에서 생활 개량에 대한 언론을 많이 보았습니다. 물론 같은 생각도 많이 있었으나 그 생활 내용은 내버려두고 살림, 즉 제도부터 고치려 하는 데는 어쩐지 잊은 것이나 있는 것 같은 서어한 마음이 생깁니다. 다시 말하면 이와 같이 시시각각으로 당하는 다른 사람들 사이의 감정은 문제 삼지 않고 먼저 살림살이를 개량하려면, 백년이 지나더라도 우리의 살림살이는 아무 개량한 실적이 드러나지 않을 것입니다.

나는 이렇게 생각합니다. 우리 살림을 전부 뜯어고칠 것이 아니라, 우리 살림의 방법을 일부 고칠 것이라고 생각합니다. 즉, 예부터 우리 살림살이를 다시 세울 것이 아니라 아름다운 풍속이요, 좋은 습관은 그대로 두고, 악하고 추한 것만 추려서 개량이나 개선을 할 것인 줄 압니다.

하고 본즉, 우리 살림은 너무 난잡하므로 어느 것을 먼저 고쳐야 옳을지 모르겠습니다. 그러므로 질서를 세워 개량의 고

안으로 시일을 보내는 것보다, 오히려 현상에 불만을 품은 자는 누구든지 제일 가깝고 쉬운 자기로부터 힘자라는 대로 개량하는 것이 제일 상책이 아닐까 합니다.

나는 우선 생활 개량의 근본 되는 힘(원동력)을 찾아 얻고 싶습니다. 다시 말하면 자기 마음속에서 끓어나오는, 심화하고 확대하려는 생활욕을 얻고자 하는 근본심이 생겨야 할 것입니다. 물론 우리 사람은 순간이라도 방심과 무지에 머무르려 하지 않습니다. 즉, 절실함과 직관과 용맹정진이 뛰어난 사람의 생활의 진상임을 스스로 깨달을 만한 몸소 경험과 그를 위한 감정과 지식과 수양이 절대로 필요할 줄 압니다.

그러면 이와 같이 우리들로 하여금 알게 만들고, 또 안 것을 실행하게 만드는, 이상하게 헤아릴 수 없는 근본 되는 힘을 어찌하면 얻을 수 있겠습니까.

우리는 사랑의 싹으로 비로소 이 근본 힘을 얻을 수 있겠습니다. 이에 누구보다 먼저 여자 자신이 자기 일신이 땅 위에 있는 것을 자각하여야 하겠습니다. 자기 자신에 과로過勞한 것을 가히 할 줄 알아야 합니다. 자기 자신의 행복을 계획하여야 하겠습니다. 그리하여 자기 자신을 사랑할 줄 알고, 동시에 남을 사랑할 줄 알아야 할 것입니다.

다시 말하면 우리 조선 여자는 너무 오랫동안 자기에 대한 제일 중요한 것을 잃고 살아 왔습니다. 즉, 나도 '다른 사람과 같이 생명이 있다' 하는 것을 억제하고 왔습니다. 가만히 앉아서 제 숨소리를 들어보시오. '나도 사람이다' 하는 자부심이 이상스럽게 전신에 흐르리. 이렇게 여자의 눈이 뜨일 동시에 지금까지의 자기가 불행하였고 불쌍하였던 것을 알게 될 것입니다. 누구를 물론하고 불행인 역경에서 행복인 순경으로 옮기려는 본능에 따라, 여자 자신도 어떻게 하면 행복하게 재미있게 살아갈까 고심하게 될 것입니다. 그리하여 지금까지 받아보지 못하던, 영원불변으로 있을 자기 자신이 귀하고 사랑스러운 것을 자주자주 느낄 것입니다.

이와 같이 자기 자신을 진실로 사랑할 줄 알면, 모든 다른 사람을 사랑할 것입니다. 사랑하고 사랑할 수 있는 것은 사람의 본질에서 나타나는 가장 높은 사상이요, 가장 높은 경험인 줄 압니다. 사랑할 수 있는 것으로 말미암아 비로소 이상과 실행, 영靈과 육肉, 이성과 정의情意가 융합 일치하여 활동하는 것이 아닌가 싶습니다.

이 점으로 보아 진심으로 사랑할 수 있는 것은 진심으로 살 수 있는 것과 조금도 다름이 없다고 생각합니다. 사랑할 수 없는 자 그 누구라 능히 자기 생명의 존귀함과 위력을 체험할 수 있겠습니까. 사랑할 수 없는 자기 인생을 단편적으로 보는 반면으로, 인생 전체를 직감할 수 있는 기쁨은 오직 사랑 가운데만 있을 줄 압니다.

사랑 없고서는 한 개의 그림 조각이라도 그 아름다운 것을 진실로 향락할 수 없거든, 하물며 사랑 없고 어찌 남자가 여자를, 여자가 남자를, 부모가 자식을, 자식이 부모를, 친구가 친구를, 개인이 사회를, 사회가 가정을 양해하고 동정하고 서로 도울 수 있겠습니까.

만일 있다 하면 일시의 것이요, 오래 지속되지는 못할 것입니다. 나는 바랍니다. 우리 여자가 자기를 사랑하고, 다른 사람을 사랑하고, 또 남자를 사랑함으로써 생활 개량의 근본 힘을 얻어야 하듯이, 영원히 짝을 지어 살아갈 남자들도 자기를 사랑하고, 또 남들과 여자를 사랑함으로써 생활 개량의 근본 힘을 얻을 수 있기를 바라고 천만 번 바랍니다.

이리 되어야 민조신 사람의 생활 개량이 근본석이요, 계속적일 것이며, 급진적일 것입니다. 따라서 생활의 안착이 생길 것이요, 민족적 평화를 낳을 것입니다. 이와 같이 속마음에 근본 힘을 얻은 후면, 즉 먼저 마음을 고치면, 다시 못할 바 없이 개량은 저절로 앞을 다투어 진보 발전될 줄 압니다. 그러나 아래에 몇 가지 예를 들어 개량을 부르짖기 위하여 우선 가정 제도부터 쓰고자 합니다.

사람마다 누구든지 완전한 자기를 실현하려면 먼저 자기의 전인격을 실현하여야 할 것이니, 반인격만으로는 자기실현이 불가능한 것입니다. 즉, 남녀 상합하여야 비로소 전인격이라고 하고 보면, 남자만이나 여자만으로는 자아실현을 못하는 것입니다. 그러므로 한 사회 중의 단위는 각각 다른 성질로 서로 채운 남녀 두 개의 인격적 상합이요, 두 사람 중에서 나온 자식으로 이룬 가정입니다.

이로 보면 예부터 지금까지의 조선 여자는 어느 사람과라도 동등할 만한 생활을 하여왔습니다. 조금도 남녀평등이나 자유를 주창할 이유가 없다고 생각합니다. 더구나 남녀가 그 이해를 각각 다르게 생각하는 것은 큰 오해인 줄 압니다. 날마다 사는데 불가불 써야만 할 불, 물, 나무 중에 하나라도 없고 보면 하루라도 살 수 없나니, 물은 물 된 원소와 불은 불 된 원소가 각각 다를 뿐이요, 물의 값이 셋이면 불이나 나무의 값도 셋일 것입니다.

요사이 남녀 문제를 통틀어 말하는 중에 여자는 남자에게 밥을 얻어먹으니 남자와 평등이 아니요, 해방이 없고, 자유가 없다고 흔히들 말합니다. 이는 오직 남자가 벌어오는 것만 큰 자랑으로 알 뿐이요, 남자가 벌도록 옷을 해 입히고, 음식을 해 먹이고, 정신상 위로를 주어, 그만한 활동을 하게 하는 여자의 힘을 고맙게 여기지 못하는 까닭입니다. 반감을 일으키기보다 여자 자신이 반성해야겠지만, 의식주에 대한 남녀간의 문제는 오직 곁에서 보는 사람들에게 조소거리밖에 아니될 것입니다.

우리 가정 살림살이가 좀체로 개량이 되지 못하는 것은 이와 같이 남자가 자기만 일하는 줄 알고 자기만 잘난 줄 알며, 따라서 여자를 위해 주지 않고 고맙게 여겨주지 않는 가운데 불평이 생기고 다툼이 생기며, 남편은 어디까지든지 강자요 우월한 자며, 부인은 어디까지든지 약자요 열등한 자가 되고 보니, 여기에 무슨 살아가는 맛을 볼 수 있겠습니까.

오직 남자 그 사람만 잘못이라 할 수 없고, 여자 그 사람만 불쌍하다고 할 수 없으니, 사회 제도가 그릇되었고, 교육 그것이 잘못되었던 것입니다. 이에 누누이 말할 필요도 없거니와, 그렇게 치더라도 남자는 니무 자기 일신밖에 모르는 극노로 이기적이었고, 여자는 너무 다른 사람만 위하여 사는 극도로 희생적이었던 것입니다.

남자들의 변명이 이는 여자들의 과실이라 할는지 모릅니다. 그렇습니다. 이는 여자 자신이 자기를 잊고 살아온 까닭이요, 그 여자들이 또 여전히 딸은 천히 기르고 아들은 귀히 길러 저만 잘난 줄 알게 교양해 온 까닭입니다. 나는 모르겠습니다. 남자들과 같이 학문이 많고 견문이 넓어 외사外事를 논하고, 내사內事를 평하는 자가 자기 눈앞에 닥쳐 있는 것을 왜 모르는지, 자기 일신의 행복은 오직 가족을 사랑하는 데 있는 것을 왜 반성치 아니하는지, 왜 실행치 아니하는지. 나는 이것이 큰 의문입니다.

즉, 평화의 길은 오직 강한 자가 약한 자를 보호하고, 우승한 자가 열패한 자를 도우며, 부자가 가난한 자를 기르는 데 있나니, 우리의 가정이 화평하려면, 행복하려면, 강자요 우승자요 부자인 남자가 약자요 열패자요 가난한 자인 여자를 애호하는 데 있는 줄 압니다.

아닙니다. 나는 구태여 여자를 낮추고, 그 도움과 아껴주기를 구걸하는 것이 아닙니다. 오직 남자 자체를 위하여 애달파하는 것입니다. 그들은 한 번이나 그 처가 정성을 다하여 만들어주는 의복과 음식에 대하여 고마운 뜻을 표한 때가 있었습니까? 그 노력을 아껴준 때가 있었습니까?

그 처가 두 사람 중에서 생긴 3,4인의 자식을 혼자 맡아가지고 밤잠을 못 잘 때, 한 번이라도 같이 일어나 앉아주었는지, 다 각각 자기 마음을 헤아리면 '과연 잘못하였다' 하고 사과할 사람이 많을 줄 압니다.

아닙니다. 나는 꼭 우리의 본심에서 발하는 그 정력에 대하여 값(보수)을 요구하는 것이 아닙니다. 그대들은 우리를, 우리들은 그대를, 믿고 바라고 사는 동안, 아니 살아가야만 할 동안, 일껏 우리의 단순한 진정에서 끓어 나오는 정력과 희망이, 그대들의 냉대에 접할 때 실망으로 돌아가는 것이 애처롭고, 이로 인하여 그대들의 활동에 고독과 적막이 생기는 것이 가석하단 말입니다. 그러면 하필 남자에게 대하여 그 정신을 요구하느냐고 할는지 모르나, 여자는 이 이상 그대들에게 절대 맹종할 수 없고 절대 희생할 아무 남은 것이 없는 연고입니다.

한즉, 이에 반대로 절대 방종이었고 절대 이기였던 남자의 생활 도수가 일부만 좀 내려지면, 우리 생활은 의외로 쉽게 개량할 수 있는 줄 압니다. 사실 어느 방면으로 보든지 우리 여자보다 선각자요, 선진자며, 한 집, 한 사회를 지배할 수 있는 가권家權, 위정권爲政權을 가진 남자들의 손바닥 안에 우리 생활 개량의 여부가 달린 것은 두말할 것 없을 만지 합리적이요, 필연적입니다.

다시 말하면 가장 곤란할 듯하고도 가장 쉬운 것이니, 자기와 타인을 사랑하고 이해하고 동정할 수 있는 생활이 먼저 가정에서부터 실행이 된다 하면, 같은 생이지만 더 참되고, 더 즐겁고, 더 재미있는 길로 들어갈 수 있다는 것이 나의 절실히 원하는 바입니다.

우리 여성들은 지금 조선 남자들의 여러 가지 걱정 있는 것, 더구나 생활난에 직접 책임자요 관계자인 그 고통에 대하여 눈물 지어 동정하는 바입니다. 우리는 우리가 찬미하는 정신문명과 꼭같이 물질문명을 찬미합니다. 이는 어떠한 사회를 물론하고 생활상 절대 필요한 한 계단입니다. 더구나 지금과 같은 때는 전과 달라서 장대신기壯大神奇한 물질문명의 창조로 하여 윤택과 행복을 얻을 수 있습니다. 즉, 이것이 우리 생활 중에 중요한 지위에 있는 것은 누구나 아는 바입니다.

한즉, 지금 생활에 먼저 승자가 되려든지 또 용감한 자가 되려면, 지금 사람들이 창조한 윤택한 물질문명을 기초 삼는 정신적 생활이 아니면 아니되는 것인 줄 압니다. 이러한 정신적 생활을 하게 되어야 비로소 원만한 생활이라고 할 수 있겠습니다.

톨스토이의 '물질문명을 제외하고 처음부터 정신적 생활을 바라는 것은 마치 기초 없는 집과 같다'는 말과 같이, 지금 세상이 전 세상보다 말할 수 없이 풍부한 것은 물질과 정신이 똑같이 진보한 까닭입니다. 이로 보면 우리는 우리 생활의 중요한 물질문명에 기초 삼을 만한 아무 기관이 없고, 방침이 없으니, 따라서 생산율이 없고, 노동력이 아니 납니다. 이로 인한 우리 살림은 비관이요, 염세요, 내용이 빈약한 것을 면치 못합니다.

　물론 사람은 어느 때를 물론하고 그때의 운(환경)이라는 것은 면할 수 없는 인연이 있습니다. 우리의 운명은 우리의 벌이 방면이 막히고, 물질문명의 발전이 불가능하다고 할는지 모르겠습니다. 그러나 운명이란 것은 꼼짝달싹할 수 없이 꼭 정해 놓은 것이 아니라, 어느 정도까지는 힘써서 펴갈 수 있는 줄 압니다. '힘쓰는 자에게 도움이 온다'는 말과 같이 하다가 못하면 할 수 없거니와, 하지도 않고 운명을 저주하며 사회를 원망하는 사람도 있는 것을 종종 볼 수 있습니다.

　내가 작년에 귀국하였을 때에 고향에 가서, 우리 일가 중에 3대를 두고 가난하였으니 굶기를 부잣집 밥 먹듯 하는 집에를 찾아가보았습니다. 한 칸 방에는 다 떨어진 고리짝 두어 개 놓여 있고, 사방 벽에는 빈대 피로 종이가 보이지 않으며, 너풀거리는 신문지 창살 사이로는 강풍이 쏟아저 들어오고, 고래 무너진 얼음 같은 구들 한 구석에 칠십 노인이 3년간 숙환으로 신음하고 있으며, 열 살쯤 된 딸과 오십쯤 된 어머니는 굶은 배를 쪼그리고 마주앉아서 손등에서 흐르는 피를 치맛자락에 씻어가며 남의 다듬이를 하고 있는데, 꽃다운 나이가 이십이삼 세 되는 건장한 아들은 건넌방에 누워서 버르적버르적하고 있었습니다. 그를 보니 말쑥하게 옥양목으로 바지저고리를 입었으며, 손은 분길 같고, 머리는 기름을 발라 모양 있게 좌우로 갈라붙였습니다.

나는 하도 어이가 없어서 어안이 벙벙하였습니다. 그리하여 참다못하여 물어보았습니다. "너도 사람이냐. 너는 왜 그 넓적한 등에 지게를 지고 나가서 그 굵은 팔로 나무를 하지 아니하느냐"고 한즉, "그것을 창피스러워 어찌해요" 하고 대답합니다. 나는 기가 막혔습니다. 그때 그 옆에 서 있는 어머니에게 "저놈을 왜 옷을 입히고, 죽을 먹이오" 하고 물어보았습니다. 그는 "그러면 어찌하오, 다 팔자 소관인 것을" 합니다. 나는 다시 말 아니하고 돌아서며 울었습니다.

조선 사람 중에 하필 이 사람뿐이리까. 그런 사실이 늘비하였습니다. 이와 같이 우리는 가난한 것을 잊어버리는 학자의 생활이었고, 없는 것을 낙관하는 예술적 생활이었습니다. 직업을 취함에는 높고 낮은 선택이 심하여, 그 체면과 문벌과 인격을 보존하기 위해서는 비록 배에서 꼴꼴 소리가 나더라도 부라질을 하고 있는 자가 적지 아니합니다. 이는 과도기에 있을 면치 못할 사실이라 하면 다시 말할 여지 없거니와, '우리도 생명이 있다. 있는 이상 우승자요, 강한 자로 살자' 하는 이상과 요구와 희망과 실행이 있다 하면, 남이 다 가져가고 남이 다 한 찌꺼기요 부스러기 가운데라도 아직도 많이 취할 것이 있을 줄 압니다.

이와 같이 우리의 사상은 너무 고상하고 우리의 이상은 너무 도덕적이니, 따라서 물질도 이대로 같이 가도록 힘써야 할 것입니다. 이는 오직 자기와 타인과 사회를 사랑함으로써 목표를 삼을진대 의외로 용이하게 실행이 될 것입니다.

우리에게는 취미성이 매우 박약했습니다. 하나 요새 와서는 청년 남녀 중에 취미를 가진 이도 많이 보겠고, 또 가지려고 하는 이도 많이 있는 것은 다행한 일인 줄 압니다. 이 취미란 것은 그 생활이 안정되고 정신이 원만할 때, 이것만으로는 오히려 만족을 느끼지 못하여 다시 물질계를 떠나고 정신계를 떠나 일종의 신비계로 들어가는 것으로, 형언치 못할 쾌감을 느끼게 되는 것입니다.

지금까지의 모든 것이 피동적이요, 의무요, 책임으로 하던 것이라도 완전히 자동적 행동으로 일변하고, 나날이 나아가게 됩니다. 그리하여 전에는 남을 위한 생활이었으면, 지금은 다만 자기 자신을 위한 생활이 되어버립니다. 즉, 각각 달랐던 자기와 남 사이가 합치해집니다. 우리가 간절히 얻으려 하는 행복은 오직 이러한 마음으로 있을 때 비로소 그 행복의 형상을 볼 수 있는 것입니다. 이러한 취미성의 싹이 자라가면 자라갈수록 인간성은 진, 선, 미, 애愛로 숙련할 수 있을 것입니다.

그러나 유감인 것은 우리 중에는 아직도 이러한 취미성의 숙련자가 많지 못합니다. 왜 그러냐 하면 취미성은 한때 싹은 돋을 수 있으나, 그 취미성이 완숙하기까지는 몇 대 선조로부터 내려오는 취미성이 없고서는 완숙에 이르기 어렵다고 생각합니다. 한즉 우리의 취미성이 풍부해지려면 이직도 몇 대의 역사를 기다려야 할는지 모릅니다.

그렇게 친다 하더라도 우리의 생활이란 참 살풍경하지 않습니까. 밥때가 되면 밥 찾아 먹고, 밤 돌아오면 잘 줄만 알 뿐이요, 여자는 일평생 다듬이, 빨래하기에 꽃이 언제 피는지, 단풍이 지거나 말거나, 이렇게 철두철미 취미가 없이 살아왔습니다.

우리는 장차는 살기 위하여 사는 것이 되지 말고, 사는 그 것이 유쾌하도록 살아가야 할 것입니다. 그리하여 우리가 남편의 옷과 자식의 옷을 지을 때 금치 못하는 재미가 생겨야 하겠고, 남편이 비를 들어 마당을 쓸거나 어린애를 안아줄 때나 도끼를 들어 장작을 패더라도, 이는 그 부인을 도우려는 의무도 아니요, 대장부된 체면 손상도 아니될 것이요, 오직 취미에서 솟는 쾌락뿐일 것입니다.

이와 같이 취미를 수양하여 그 취미가 실생활에 실현된다면, 우리 생활은 신성하고 고상하게 개량될 수 있다고 생각합니다. 생산력과 소비력이 같아야 비로소 우리 생활은 안착을 얻을 수 있는 것입니다. 이것이 피치 못할 우리 생활의 중요한 지위를 점령하고 있는 것은 사실입니다. 이로 인하여 우리에게는 생기가 있고, 활동력이 생기며, 한 가정이 정돈되고, 한 사회의 질서가 생깁니다. 그리하여 우리는 깊이 생각할 정력도 생기고, 연구도 계속할 수 있습니다.

그러나 우리의 과거 및 현재를 보면 이와 반대가 됩니다. 버는 것이 다섯이면 쓰는 것은 여덟이나 됩니다. 이와 같이 우리의 살림은 예산 없는 살림살이입니다. 우리의 생활은 오로지 기분적이었고 광열적이었나니, 순간의 쾌락과 한때의 수단을 취하기 위하여 일생의 불평과 실망될 것을 생각 못합니다. 물론 누구에게든지 그 순간적 쾌감이란 다시 얻지 못할 아름다운 감정이라고 생각합니다. 그러나 이 아름다운 감정이 자기와 타인간에 해독이 생길 때는 망동으로 볼 수밖에 없습니다.

우리 중에 남자들은 좋은 일에나 슬픈 일에나 요릿집에 가서 한잔씩 먹는 것이 교제상 큰 수단이요, 큰 사교술이 되었습니다. 그리하여 집안에서는 용돈이 없어서 쩔쩔 맵니다. 이렇게 없으면서도 있는 체하고, 쓰지 아니해도 좋을 때 씁니다. 따라서 여자는 그 남편이 수입이 얼마 되는지, 무엇을 해서 어떻게 벌어오는지(직업 없는 자가 많으니까) 모르고 평생을 살아갑니다. 두부 한 푼어치를 살 때도 사랑에 가서 타와야 하고,

고기 한 근을 살 때도 사랑으로 나갑니다.

이같이 남편은 남편대로 예산 없이 살고, 부인은 부인대로 예산 없이 사니, 이러고야 무슨 사는 재미가 있고, 무슨 안착이 있겠습니까. 항상 바람에 불리는 갈대와 같이 오늘을 요행히 지내고, 내일을 요행히 지내는 것이 우리 사는 목표이니, 이 무슨 살아 있는 의미가 있으리까. 참 가련한 것은 우리 살림살이입니다.

우리는 무엇보다 예산을 세워야겠습니다. 남편 된 이는 버는 것을 확실히 정하고 또 쓸 것을 확실히 정하여 그 부인에게 알게 해야겠으며, 그 부인 된 이는 남편의 벌이가 얼마나 되는 것을 짐작하여 절약하도록 할 것이니, 이리하여야 우리의 살림은 비로소 안정이 되고, 사는 것 싶게 될 것입니다. 이것도 또한 우리가 능히 실행할 수 있는 것 중에 하나인 생활 개량 방침인 줄 압니다.

나는 이상 몇 가지 예를 들어 생활 개량을 부르짖었습니다. 그러나 우리 살림이란 어찌 이렇게 몇 장 종이에 올릴 만치 간단하오리까. 제도를 일일이 나열하여 개량을 부르짖으려면 무한할 것입니다. 다만 이 몇 가지 생활 기초만 세우게 되면 그 나머지는 자연히 개량하게 될 것이니, 마치 확실한 사람이 된 후에 학문을 배우는 것과 일반이라는 것이 내가 생활 개량을 부르짖는 요점입니다. 한즉, 결국 서로 사랑하고 아끼는 근본된 힘을 얻도록 하는 것이 생활 개량의 제일 가까운 길인 줄 압니다.

아! 광야로 찬바람은 불어 들어온다. 살을 에는 듯이 춥다.

'야명조소, 야명조소.'

김일엽 선생의 가정생활

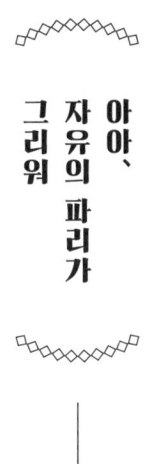

아아, 자유의 파리가 그리워

구미 만유하고 온 후의 나

생활 정도를 낮추는 것처럼 고통스러운 것이 없는 것 같다. 이상을 품고 그것을 실현 못하는 것처럼 비애스러운 것이 없는 것 같다. 내 의사를 죽여 남의 의사를 좇는 것처럼 무의미한 것이 없는 것 같다.

그러면 나는 이러한 환경을 벗어나지 못할 그야말로 무슨 운명에 처하였는가? 그렇지 않으면 일부러 당하고 있는가?

구미 만유기 1년 8개월 동안의 나의 생활은 이러하였다. 머리를 짧게 자르고, 서양 옷을 입고, 빵이나 차를 먹고, 침대에서 자고, 스케치 박스를 들고 연구소를 다니고(아카데미), 책상에서 프랑스어 단어를 외우고, 때로는 사랑의 꿈도 꾸어보고, 장차 그림 대가가 될 공상도 해보았다. 흥 나면 춤도 추어보고, 시간 있으면 연극장에도 갔다. 왕 전하와 각국 대신의 연회 석상에도 참가해 보고, 혁명가도 찾아보고, 여성 참정권론자도 만나보았다. 프랑스 가정의 가족도 되어보았다. 그 기분은 여성이요, 학생이요, 처녀로서였다. 실상 조선 여성으로서는 누리지 못할, 경제적으로나 정서적으로 장애되는 일이 하나도 없었다. 태평양을 건너는 배 속에서조차 매우 유쾌히 지냈다.

그러나 요코하마에 도착되는 때부터 가옥은 나뭇간 같고, 길은 시궁창 같고, 사람들의 얼굴은 노랗고, 등은 새우등같이 꼬부라져 있다. 조선 오니 길에 먼지가 뒤집어씌우는 것이 자못 불쾌하였고, 송이버섯 같은 납작한 집 속에서 울려 나오는 다듬이 소리는 처량하였고, 흰 옷을 입고 시름없이 걸어가는 사람은 불쌍하였다. 이와 같이 활짝 피었던 꽃이 바람에 떨어지듯, 푸근하고 늘씬하던 기분은 전후좌우로 바싹바싹 오그라들기를 시작하였다.

귀국 후의 나의 생활

조선 와서의 나의 생활은 어떠하였나. 깎았던 머리를 부리나케 기르고, 강동한 양복을 벗고 긴 치마를 입었다. 쌀밥을 먹으니 숨이 가쁘고, 우럭우럭 취하였다. 잠자리는 배기고, 늘어선 것은 보기 싫었다. 부엌에 들어가 반찬을 만들고, 온돌방에 앉아 바느질을 하게 되었다.

시가 친척들은 의리를 말하고, 시어머니는 효도를 말하며, 시누이는 돈 모으라고 야단이다. 아, 내 귀에는 아이들이 어머니라고 부르는 소리가 이상스럽게 들릴 만치 모든 지난 일은 기억이 아니 나고, 지금 당한 일은 귀에 들리지 아니하며, 아직까지 아니한 꿈속에 사는 것이었고, 그 꿈속에서 깨어보려고 허덕이는 것은 나 외에 아무도 알 사람이 없었다.

나는 로마 시스티나 성당에서 미켈란젤로의 천정화 앞에 섰을 때, 스페인에서 천재 고야의 무덤과 그가 그린 천정화 앞에 섰을 때, 나에게 희망 이상이 용출하였다. 이와 같이 내가 많은 그림을 본 후의 감상은 두 가지다. 첫째, 그림은 좋다. 둘째, 그림은 어렵다. 내게 이 감상이 계속되는 동안에는 그림은 늘 수 없으리라고 믿는다.

그 외에 나는 여성인 것을 확실히 깨달았다(지금까지는 중성 같았던 것이). 그러고 여성은 위대한 것이요, 행복된 자인 것을 깨달았다. 모든 물정이 이 여성의 지배하에 있는 것을 보았고, 알았다. 그리하여 나는 큰 것이 존귀한 동시에 작은 것이 값있는 것으로 보고 싶고, 나뿐 아니라 이것을 모든 조선 사람이 알았으면 싶다.

또 나는 구미를 만유하고 온 후로 곧 1년 동안이나 시집살이를 살게 되고, 많은 친척 가운데서 살게 되었다. 생각은 따로 두고 행동은 그들을 좇는 것도 역시 용이한 일이 아니었다.

나는 이 고통, 비애, 무가치를 당하게 된 부득이한 사정이 있었나니, 조선 땅을 밟을 때 이미 뱃속에 8개월 된 임신중이었다. 이것을 분만하여 웬만큼 양육할 동안 자연 1년이 지나고 만 것이다. 그 외에 내 머릿속이 뒤범벅이 된 것을 갈피를 차리자면 상당한 휴양과 시일이 걸려야 했다.

또 나는 사물을 대할 때마다 이렇게 생각한다. 파리나 조선 지방이 그 인정이나 자연스러운 태도가 일치되는 점이 많다고. 다만 전자는 문명이 극도에 달한 사교술이요, 후자는 미개한 원시적인 차이일 뿐이다. 그러므로 전자보다 후자에게 따뜻한 맛이 더 있어 보인다. 식자우환으로 조금 아는 것을 잘 소화 못 시킨 나는 점점 한쪽으로 치우쳐 달아난다. 이런 결점이 보일 때마다 늘 반성하는 동시에 후자에게 더욱 친근한 맛을 느끼게 되는 것이다.

또 한 가지는 어쩌면 나와 남 사이에 평화롭게 살아볼까 하는 것이었다. 파리인의 사교심이든지 조선 농촌의 원시심이 그 요점은 극기다. 사람이 다 각각 개성이 있는 이상 나我만 세울 수 없는 것이다. 더욱이 지방 부인들의 극기심, 즉 부덕이며 많은 친척 사이에 융화해 가는 포용성은 수양을 위해 반드시 한 번은 보아둘 필요가 있는 것을 절실히 느낀다. 이 여러 가지 점으로 보아 환경을 벗어나지 못하였다는 것보다 환경을 이용할 수 있었던 것이다.

무서운 것 세 가지

그렇다고 나는 이상과 같은 소극적 행동을 좋아하지 아니한다. 경우가 흐리고 기운이 실미지근하며 개성이 똑똑지 못한 것을 싫어하고 미워한다.

과도기 사람들은 남의 변한 행동을 보기 좋아하면서, 자기의 인습적 행동에서 벗어나지 못하는 것이다. 그리하여 누가 앞서기를 기다리고, 껑충 뛰는 자를 비록 입으로는 비난하더라도, 몸으로는 존경을 표하는 것이다. 이러한 적극적 인물이 필요하다고 생각한다. 그러나 조선 사람의 환경에서 껑충 뛸 사람이 쉽게 생겨날는지?

이것저것 주워 모은 결론의 요점이 이것이다. 세상에는 무서운 것이 세 가지가 있다. 첫째는 사람이 무섭고, 둘째는 돈이 무섭고, 셋째는 세상이 무섭다. 사람이 사람답게 나든지 또 하고자 하면 못할 것이 없다. 돈만 있으면 못 갈 곳이 없다. 능치 못할 것이 없다. 그리고 세상을 알고 보면 무섭다. 용기가 줄어든다. 사람이면 다 사람이랴, 사람이라야 사람이지. 사람 하나 되기에 얼마만한 시일과 경험과 번민 고통이 쌓이는지.

돈, 돈. 돈이 귀한 줄 뉘 모르며, 더구나 조선 사람의 돈 난리는 처처에서 들리는 바 아닌가. 돈 있는 자는 활기가 돌고, 돈 없는 자는 어깨가 축 처진다. 돈 없으면 이탈리아니 프랑스니 어디어디를 다 어떻게 다녀왔으랴.

세상은 이런 세상도 있고 저런 세상도 있어, 세계 중에는 형형색색의 세상이 많다. 이 세상에서는 저 세상을 동경하고, 저 세상에서는 이 세상을 동경하니, 어느 것이 좋으며, 어느 것이 나으며, 어느 것이 옳은지, 조금 아는 지식으로는 판단하기 어렵다. 도로 제 것에 돌아가는 수밖에 없는 것이다. 그러므로 알고 도루묵이나 모르고 도루묵이 되기는 일반이다.

이와 같이 세 가지 무서운 것을 알았다. 또 체험하였다. 우리가 수양하는 것, 활동하는 것이 다 이 세 가지 중의 하나를 얻으려고 하는 것이 아닌가 생각한다.

평면과 입체를 통하여 기하학적 그림에 나타나는 무수한 선이 보이는 것같이, 눈을 감고 있으려면 서양에 있을 때는 서양의 입체만 보이고 조선의 평면이 보였던 것이, 조선 오니 조선의 입체가 보이고 서양의 평면이 보인다. 평면과 입체가 합하여 한 물체가 된 것같이 평면, 즉 외면과 입체, 즉 내부가 합하여 한 사회가 성립된 것이니, 어느 것을 따로따로 떼어 볼 수가 없다. 잠깐잠깐 들르는 객은 내부를 알 여가가 없고, 또 얼른 보이지도 아니하고, 한이 없는 것이었다. 그러므로 나는 그 외면에 나타난 몇 가지를 취해 가지고 왔을 뿐이다.

그러면 구미인의 사는 것은 어떠하며, 우리 사는 것은 어떠한가. 한 말씀 말하면 그들은 꼭꼭 씹어서 단맛, 신맛, 짠맛을 다 알아가지고 삼켜서 소화하는 것이요, 우리는 되는 대로 꿀떡꿀떡 삼켜 아무 맛을 모르는 것이다. 결국 대변 되기는 일반이나, 대변 될 동안의 경로가 얼마나 다른가.

그리하여 그들은 생의 맛을 안다. 즉, 어찌하면 잘 놀까 하는 것이 걱정거리다. 일할 때는 한껏 일하고, 놀 때는 흥껏 논다. 감정이 솟을 때는 불이라도 붙을 듯하고, 이지理智가 발할 때는 얼음과 같이 차다. 그러나 산뜻하고 다정하고 박애스러운 것이야 아무리 사교술이라 하더라도 유혹 아니될 수 없다. 그러면 우리 사는 것은 어떠한가. 날 가는 줄도 모르게 늘 지지하다. 그리고 감정과 이지를 절충해서 산다.

또 그들 부녀들은 각자도생으로 의복을 입고 모자를 쓴다. 즉, 창작성이 풍부하다. 그리하여 이상한 자태가 보이면 그것을 귀히 여기고, 그 사람을 존경하고, 그것을 장려한다. 그러므로 그 사회에는 창작품이 많고 진보가 있다.

우리는 어떠한가. 좀 이상스러운 것만 보면 욕설과 비방으로 누르고 비웃는다. 이러므로 창작물이 있을 리 만무하다. 개인으로 창작성이 없는 자나 사회로 창작물이 없는 것은 진보가 없다고 볼 수밖에 없다.

무식하나마 세계를 보고 온 머리로 그야말로 원시적이다 싶은, 구미보다 2,3세기 뒤진 조선 농촌에서 생활을 하고 있으려니, 모든 것이 어울리지 아니하고 그 결점이 확실히 눈에 띄어, 다시 외국에 들어선 감이 생긴다. 그리하여 내 머리로는 딴 생각을 하면서 몸으로는 그들에게 싸여 지내느라고 애를 무한히 쓰게 되고, 남 보기에는 얼빠진 사람같이 된다.

내가 구미 갈 때의 목적

내가 구미를 향하여 떠날 때에 나는 무슨 목적으로 가나 하고 생각하였다. 내게는 안심을 주지 못하는 네 가지 문제가 있었다. 첫째는 사람은 어떻게 살아야 좋을까. 둘째는 남녀간에 어찌하면 평화스럽게 살까. 셋째는 여자의 지위는 어떠한 것인가. 넷째는 그림의 요점이 무엇인가였다.

그곳에 가서는 두 가지 고려 중에 있었다. 즉, 한 곳에 머물러 파리 살롱에 입선이라도 할까, 또 하나는 부군을 따라 여러 나라의 인정 풍속을 구경할까였다.

나는 후자를 취하였다. 그리하여 단시일에 9개국을 주워 보고 오니, 모두 그것이 그것 같아 머릿속이 뒤범벅이 되고, 두서를 차릴 수 없게 되었다. 게다가 곧 해산을 하고 산후의 설사병으로 쇠약해졌다. 마치 무엇을 잡으려고 허덕허덕 애를 쓰나, 잡히지 아니하는 것 같았다. 이것은 내게 튼튼한 예비지식이 없었던 까닭이라고 생각한다.

그러나 때가 가고 날이 갈수록 한 가지 한 가지씩 정리가 되어 차차 두서를 차리게 된다. 그러는 동안에 세월은 빨라 2월 10일, 집에 도착한 지 만 1개년이 되고 말았다. 다만 애처롭고 아까운 것은 거대한 금전과 무수한 시간과 무한한 정력을 들여 얻은 구미에 대한 인상은 점점 희미해지는 것이다. 오직 꿈속에서 왔다 갔다 하다가 새벽잠이 깨어 과거를 회억하기에 날 새우는 줄 모를 뿐이다.

아아, 자유, 평등, 박애의 세상, 파리가 그리워…

내게 큰 병이 있다. 그것은 무엇에든지 화化해지지 않는 재주다. 나는 이 재주를 가진 사람을 부러워하나 내게는 있어지지를 아니한다. 나는 이러한 나를 꽤 미워하고 싫어한다. 그러나 배냇병신인데야 어찌하랴. 이는 보는 것, 듣는 것, 배우는 것을 내게 화하려는 고집이 있는 까닭이다. 즉, 내 것을 만든 후에 유쾌함을 느끼는 까닭이다.

다시 말하면 부득이하여 하고 싶지 아니하다. 무엇에든지 의미를 붙여 즐겨서 하는 것이 되어야, 속이 시원한 이상한 심사가 있다. 그러므로 내가 지금까지 조선 대중의 생활을 떠나 별천지에서 살았던 것이 다시 조선인의 생활로 늘어서려면, 농촌 생활의 정도로부터 살아볼 필요가 절실히 있었다. 내게 농촌 생활이 얼마나 필요하였었는지.

나는 때때로 이런 생각을 한다. 사람의 머리가 왜 서울 종로에 달린 종만 하지 아니한가? 더구나 조선 신여성의 머리가. 그들의 생활은 얼마나 복잡하며, 몇 중 몇 겹인지?

폭풍우가 지나갔다. 맑은 하늘빛이 들 때 그에 비치는 산

천초목은 얼마나 명랑한가.

다시 엄동이 닥쳐왔다. 백설이 쌓여 은세계가 되고 말았다. 저 수평선에 덮인 백설은 얼마나 아름답고 결백하고 평화스러운가. 그러나 그것을 헤치고 빛을 보자. 얼마나 많은 요철 굴곡이 있는가?

이혼 고백장

청구 씨에게

나이 사오십에 가까웠고, 전문교육을 받았고, 남들이 쉽게 할 수 없는 구미 만유를 하였고, 또 후배를 지도할 만한 처지에 있어서 그 인격을 통일치 못하고, 그 생활을 통일치 못한 것은 두 사람 자신은 물론 부끄러워할 뿐 아니라 일반 사회에 대하여서도 면목이 없으며, 부끄럽고 사죄하는 바외다.

청구 씨!

난생 처음으로 당하는 이 충격은 너무 상처가 심하고 치명적입니다.

비탄, 통곡 초조, 번민… 이래 이 일체의 궤로軌路에서 생의 방황을 하면서, 한편으로 심연의 밑바닥에 던진 씨를 나는 다시 '청구 씨!' 하고 부릅니다.

'청구 씨!' 하고 부르는 내 눈에는 눈물이 가득 찹니다. 이것을 세상은 나를 '약자야!' 하고 부를까요?

날마다 당하고 지내던 씨와 나 사이, 깊이 이해하고 모든 형편을 안다고 자부하던 우리 사이가 몽상에도 생각하지 않던 상처의 운명의 경험을 어떻게 현실의 사실로 알 수가 있으리까.

모두가 꿈, 모두가 악몽, 지난 비극을 나는 일부러 이렇게 부르고 싶은 것이 나의 거짓 없는 진정입니다.

'선량한 남편.' 적어도 당신과 나 사이의 과거 생활 궤로에 나타나는 자세 아니오리까. '선량한 남편' 사건 이래 얼마나 부정하려 하였으나, 결국 그러한 자세가 지금 상처를 받은 내 가슴속에 소생하는 청구 씨입니다.

사건 이래 타격을 받은 내 가슴속에는 씨와 나 사이 부부 생활 11년 동안의 인상과 추억이 명멸합니다. 모든 것에 무엇 하나나 조금도 불만과 불평과 불안이 없었던 것 아닙니까? 씨의 일상의 어느 한 가지도 아내인 내게 의심스러움이나 불쾌감을 준 게 없었던 것 아닙니까?

저녁때면 퇴근시간에 꼭꼭 돌아왔으며, 내게나 어린애들에게 자애 있는 미소를 띠는 씨였습니다. 담배는 소량으로 피우나 주량은 조금도 없었습니다. 이 의미로 보면 씨는 세상에 드문 '선량한 남편'이라고 아니할 수 없나이다. 그런 남편인 만큼 나는 씨를 신임 아니할 수 없었나이다. 아니 꼭 신임하였었습니다.

그러한 씨 가슴에는 반면에 무서운 결단성, 참혹하게 내던져버리는 성질이 들어 있을 줄이야 누가 꿈엔들 생각하였으리까. 나를 반성할 만한, 나를 참회할 만한 조금의 틈, 조금의 여유도 주지 아니한 씨가 아니었습니까. 어리석은 나는 그래도 혹 용서를 받을까 하고 애걸복걸하지 아니하였는가.

미증유의 불상사, 세상의 모든 신용을 잃고, 모는 공분 비난을 받으며, 부모 친척의 버림을 받고, 옛 좋은 친구를 잃은 나는 물론 불행하려니와, 이것을 단행한 씨에게도 비탄, 절망이 적지 않을 것입니다. 오직 나는 황야에 헤매고, 어둔 밤중에 헛된 것을 바라고, 얼이 빠져 어리둥절할 뿐입니다.

떨리는 두 손에 화필畵筆과 팔레트를 들고 암흑을 향하여 가는 것인가, 그렇지 않으면 광명의 순간을 구함인가. 너무 크고 너무 중한 상처의 충격을 받은 나는 시시각각 절박한 쓸쓸한 생명의 부르짖음을 듣고 울고 쓰러지는 행동거지로 가슴이 터지는 것 같사외다.

우리 두 사람의 결혼은 '거짓 결혼'이었었나. 혹은 피차에 이해와 사랑으로 결합하면서 그 생활의 흐름을 따라 우리 결혼은 '거짓'의 기로에 떨어진 것인가. 나는 구태여 우리 결혼, 우리 생활을 '거짓'이라고 하고 싶지 않소. 그것은 이미 결혼 당시에 모든 준비, 모든 서약이 성립되어 있었고, 이미 그것을 다 실행하여 온 까닭입니다.

청구 씨!

광명과 암흑을 다 잃은 나는 이 공허한 넋이 나간 상태에서 정지하고 서서, 한 번 더 자세히 자신을 살필 필요가 있다고 생각합니다. 이와 같이 염두하는 만치 나는 비통한 각오의 앞에 서 있습니다. 세상의 모든 조소, 질책을 감수하면서 이 십자가를 등지고 묵묵히 나아가려 하나이다. 광명인지 암흑인지 모르는 인종과 절대적 고민 밑에 흐르는 조용한 생명의 속삭임을 들으면서 한 번 더 갱생으로 향하여 행진을 계속할 결심이외다.

약혼까지의 내력

벌써 옛날 내가 19세 되었을 때 일이외다. 약혼하였던 애인이 지병으로 사거하였습니다. 그때 내 가슴의 상처는 심하여 일시 발광이 되었고, 이어서 신경쇠약이 만성에 달하였습니다.

그 해 여름 방학에 동경에서 나는 귀향하였었나이다. 그때 우리 오라버니를 찾아 또 나를 보러 겸하여 우리 집 사랑에 손님으로 온 이가 씨였습니다. 씨는 그 때 상처한 지 이미 3년이 되던 해라 매우 고독한 때였습니다. 나는 사랑에서 조카딸과 놀다가 씨와 딱 마주쳤습니다. 이 기회를 타서 오라버니가 인사를 시켰습니다.

씨는 며칠 후 경성으로 가서 내게 장문의 편지를 보내었습니다. 솔직하고 열정으로 써 있었습니다. 우선 자기 환경과 심신의 고독으로 아내를 얻어야겠고, 그 상대지가 되어주기를 바란다는 것이었사외다. 나는 물론 답하지 아니했습니다. 내게는 그만한 마음의 여유가 없었던 것이외다. 두 번째 편지가 또 왔습니다. 나는 간단히 답장을 하였습니다. 며칠 후에 그는 또 내려왔습니다. 파인애플과 과일을 사가지고. 나는 이번에는 보지 아니하였습니다. 씨는 고향으로 내려가면서 동경 갈 때 편지하여 달라고 하였습니다.

그 후 내가 동경을 갈 때 무의식적으로 엽서를 하였습니다. 밤중 오사카를 지날 때 웬 사각모자를 쓴 학생이 인사를 하였습니다. 나는 알아보지를 못하였던 것이외다. 교토까지 같이 와서 나는 동행 4,5인이 있어 직행하였습니다.

동경 히가시오쿠보에서 동행과 같이 자취 생활을 할 때이외다. 씨는 토산 야츠바시(교토 명물 과자-편집자 주)를 사들고 찾아왔습니다. 씨는 동경제대 청년회 웅변대회에 연사로 왔었습니다. 낮에는 반드시 내 책상에서 초고草稿를 해 가지고 저녁 때면 돌아가서 반드시 편지하였습니다.

어느 날 밤 돌아갈 때였습니다. 전차 정류장에서 내가 손을 내밀었습니다. 씨는 뜨겁게 악수를 하고, 이어 가까운 수풀로 가자고 하더니 거기서 하나님께 감사하다는 기도를 올리었습니다.

이와 같이 씨의 편지, 씨의 말, 씨의 행동은 이성을 초월한 감정뿐이었고 열熱뿐이었사외다. 나는 이 열을 받을 때마다 기뻤었습니다. 나도 모르게 그 열 속에 녹아들어가는 느낌이 생겼나이다. 이와 같이 씨는 교토, 나는 동경에 있으면서 하루에 한 차례씩 올라오기도 하고, 혹 산보하다가 순사에게 주의도 받고, 혹 보트를 타고 하루를 유쾌하게 지낸 일도 있고, 설경을 찾아 여행한 일도 있었습니다.

이렇게 6년간 끄는 동안 씨는 몇 번이나 혼인을 독촉한 일이 있었습니다. 그러나 나는 단행하고 싶지 아니하였습니다. 그는 무엇보다 남이 알 수 없는 마음 한편 구석에 남은 상처의 자리가 아직 아물지 아니하였음이요, 하나는 씨의 사랑이 이성을 초월하리만큼 무조건적 사랑, 즉 이성 본능에 지나지 않는 사랑이요, 나라는 한 개성에 대한 이해가 있을까 하는 의심이 생긴 것이외다. 그리하여 본능적 사랑이라 할진대 나 외에 다른 여성이라도 무관할 것이요, 하필 나를 요구할 필요가 없을 듯 생각이 들었던 것입니다.

전 인류 중 하필 너는 나를 구하고 나는 너를 짝지으려 하는 데는, 네가 내게 없어서는 아니되고 내가 네게 없어서는 아니될 무엇 하나를 찾아 얻지 못하는 이상, 그 결혼 생활은 영구치 못할 것이요, 행복하지 못하리라는 것을 나는 일찍이 깨달았던 것입니다. 그렇다고 나는 그를 놓기 싫었고, 씨는 나를 놓지 아니하였습니다. 다만 단행을 못할 따름이었습니다. 그러다가 양편 친척들의 권유와 자기 책임 때문에 택일하여 결혼한 것이었습니다. 그 때 내가 요구한 조건은 이러하였습니다.

일생을 두고 지금과 같이 나를 사랑해 주시오.
그림 그리는 것을 방해하지 마시오.

시어머니와 전실前室 딸과는 별거케 하여 주시오.

씨는 무조건하고 응낙하였습니다. 나의 요구하는 대로 신혼여행으로 궁촌벽산에 있는 죽은 애인의 묘를 찾아주었고, 돌비석까지 세워준 것은 내 일생을 두고 잊지 못할 사실이외다. 여하튼 씨는 나를 전 생명으로 사랑하였던 것은 확실한 사실일 것입니다.

11년간의 부부 생활

경성서 3년간, 안동현에서 6년간, 동래에서 1년간, 구미에서 1년 반 동안 부부 생활을 하는 동안 딸 하나, 아들 셋, 소생 4남매를 얻게 되었습니다. 변호사로, 외교관으로, 유람객으로, 아들 공부로, 아버지로, 화가로, 아내로, 어머니로, 며느리로, 이 생활에서 저 생활로, 저 생활에서 이 생활로, 껑충껑충 뛰는 생활을 하게 되었습니다. 경제상 여유 있었고, 하고자 하는 바를 다해 왔고, 노력한 바가 다 성취되었습니다. 이만 하면 행복스러운 생활이라고 할 만하였습니다. 씨의 성격은 어디까지든지 이지理智를 떠난 감정적이어서 한 치 앞길을 예상치 못하였습니다.

나는 좀 더 사회인으로, 주부로, 사람답게 잘 살고 싶었습니다. 그리함에는 경제도 필요하고, 시간도 필요하고, 노력도 필요하고, 근면도 필요하였습니다. 불민한 점이 적지 않았으나, 동기는 사람답게 잘 살자는 건방진 이상의 뿌리가 뽑히지 않는 까닭이었습니다. 부부간 충돌이 생긴 뒤는 반드시 아이가 하나씩 생겼습니다.

주부로서 화가 생활

내가 출품한 작품이 특선이 되고 입상이 될 때 씨는 나와 똑같이 기뻐해 주었습니다. 모든 사람은 나에게 남편 잘 둔 덕이라고 칭송이 자자하였습니다. 나는 만족하였고 기뻤었나이나.

주위 사람 및 남편의 이해도 필요하거니와 이해하도록 하는 것이 필요하외다. 모든 것의 출발점은 다 자아에게 있는 것이외다. 한 집 살림살이를 민첩하게 해 놓고 남은 시간을 이용하는 것을 반대할 사람은 없을 것이외다. 나는 결코 가사를 범연히 하고 그림을 그려온 일은 없었습니다. 내 몸에 비단옷을 입어 본 일이 없었고, 1분이라도 놀아본 일이 없었습니다. 그러므로 내게 제일 귀중한 것이 돈과 시간이었습니다. 지금 생각건대 내게서 가정의 행복을 가져간 자는 내 예술이 아닌가 싶습니다. 그러나 이 예술이 없고는 감정을 행복하게 해줄 아무것이 없었던 까닭입니다.

구미 만유

구미 만유를 향하게 해준 후원자 중에는 씨의 성공을 비는 것은 물론이요, 나의 성공을 비는 자도 있었습니다. 그리하여 우리의 구미 만유는 의외에 쉬운 일이었습니다. 사람은 하나를 더 보면 더 본 만치 자기생활이 신장해지는 것이요, 풍부해지는 것이외다. 만유한 후에 씨는 정치관이 생기고, 나는 인생관이 다소 정돈이 되었나이다.

첫째, 사람은 어떻게 살아야 좋을까. 동양 사람이 서양을 동경하고 서양인의 생활을 부러워하는 반면에, 서양을 가보면 그들은 동양을 동경하고 동양 사람의 생활을 부러워합니다. 그러면 누구든지 자기생활에 만족하는 자는 없사외다. 오직 그 마음 하나 먹기에 달린 것뿐이외다. 돈을 많이 벌고, 지식을 많이 쌓고, 사업을 많이 하는 중에 요령을 획득하여 그 마음에 만족을 느끼게 되는 것이외다. 즉, 사람과 사물 사이에 신神의 왕래를 볼 때만 만족을 느끼게 되는 것이외다.

둘째, 부부간에 어떻게 하면 화합하게 살 수 있을까. 한 개성과 다른 개성이 합한 이상 자기만 고집할 수 없는 것이외다. 다만 극기克근를 잊지 않는 것이 요점입니다. 그리고 부부 생활에는 세 시기가 있는 것 같사외다. 제1 연애 시기의 때에는 상대방의 결점이 보일 여가 없이 장점만 보입니다. 다 선화善化 미화할 따름입니다. 제2 권태 시기. 결혼하여 3,4년이 되도록 자녀가 생겨 권태를 잊게 아니한다면 권태증이 심하여집니다. 상대방의 결점이 눈에 띄고 싫증이 나기 시작합니다. 통계를 보면 이때 이혼 수가 가장 많습니다. 제3 이해 시기. 이미 남편이나 아내가 피차에 결점을 알고 장점도 아는 동안, 정의가 깊어지고 새로운 사랑이 생겨, 그 결점을 눈감아 내리고 그 장점을 조장하고 싶을 것이외다. 부부 사이가 이쯤 되면 무슨 장애물이 있든지 떠날 수 없게 될 것이외다. 이에 비로소 미美와 선善이 나타나는 것이요, 부부 생활의 의의가 있을 것입니다.

셋째. 구미 여자의 지위는 어떠한가. 구미의 일반정신은 큰 것보다 작은 것을 존중히 여깁니다. 강한 것보다 약한 것을 아껴줍니다. 어느 회합에든지 여자 없이는 중심점이 없고, 기분이 조화되지 못합니다. 한 사회의 주인공이요, 한 가정의 여왕이요, 한 개인의 주체이외다. 그것은 소위 크고 강한 남자가 옹호함으로뿐 아니라, 여자 자체가 그만치 위대한 매력을 가짐이요, 신비성을 가진 것입니다. 그러므로 새삼스러이 평등, 자유를 요구할 것이 아니라, 본래 평등, 자유가 구존해 있는 것이외다. 우리 동양 여자는 그것을 오직 자각치 못한 것이외다. 우리 여성의 힘은 위대한 것이외다. 문명해지면 해질수록 그 문명을 지배할 자는 오직 우리 여성들이외다.

넷째, 그 외의 요점은 무엇인가. 데생이오. 그 데생은 윤곽뿐의 의미가 아니라 컬러, 즉 색채 하모니, 즉 조화를 겸용한 것이외다. 그러므로 데생이 확실하게 되어 한 모델을 능히 그릴 수 있는 것이 마침내 일생의 일이 되고 맙니다.

무식하나마 이상 4개 문제를 다소 해결하게 되었습니다. 그러므로 나의 생활 목록이 지금부터 전개되는 듯싶었고, 출발점이 지금부터 되리라고 생각하였습니다. 따라서 이상도 크고 구체적 고안도 있었습니다. 하여간 앞길을 무한히 낙관하였으나, 과연 어떠한 결과를 맺게 되었는지 스스로 부끄러워 마지않는 바외다.

시어머니와 시누이의 대립적 생활

결혼 후 1년간 시어머니는 우리와 동거하다가 철없이 살아가는 젊은 내외의 장래를 보장하기 위하여 고향인 동래로 내려가서 집을 장만하고, 매월 보내는 돈을 절약하여 땅마지기를 장만하고 계셨습니다. 그의 오직 소원은 아들 며느리가 늙어 고향에 돌아와 친척들을 울을 삼고 살라 함이요, 자기가 푼푼이 모은 재산을 아버지 없이 기른 아들에게 유산하는 것이외다. 그리하여 이 재산이란 것은 세 사람이 합동하여 모은 것이외다. (얼마 되지 않으나) 한 사람은 벌고, 한 사람은 절약하여 보내고, 한 사람은 모아서 산 것이외다. 그리하여 두 집 살림이 물샐틈없이 짜이고 재미스러웠사외다. 이렇게 화락한 가정에 파란을 일으키는 일이 생겼사외다.

우리가 구미 만유하고 돌아온 지 한 달 만에 셋째 시삼촌이 타지방에서 농사짓던 것을 집어치우고 아무 준비 없이 장조카 되는 큰댁, 즉 우리를 믿고 고향을 찾아 돌아온 것이외다. 어안이 벙벙한 지 며칠이 못되어 둘째 시삼촌이 또 다섯 식구를 데리고 왔습니다.

귀가 후 취직도 아니된 때라 돕지도 못하고 보자니 딱하고 실로 난처한 처지이었사외다. 할 수 없이 삼촌 두 분은 1년간 아랫방에 뫼시고, 사촌들은 다 각각 취직케 하였습니다. 이러고 보니 근친간 자연 적은 말이 늘어나고 없는 말이 생기기 시작하게 되었고, 큰 사건은 조석朝夕이 없는 사촌 아들을 아무 예산 없이 고등학교에 입학을 시키고 그 학자는 우리가 맡게 된 것이외다.

만유 후에 감상 이야기를 들으러 경향 각처로부터 오는 지인 친구를 대접하기에도 넉넉지 못하였습니다. 없는 것을 있는 체하고 지내는 것은 허영이나, 출세 방침상 피치 못할 사교였사외다. 이것을 이해해 줄 그들이 아니었사외다. 나는 부득이 남편이 취직할 동안 1년간만 정학停學하여 달라고 요구하였사외다. 삼촌은 대발노발하였사외다. 이러자니 돈이 없고 저러자니 인심 잃고 실로 어쩔 길이 없었나이다.

때에 씨는 외무성에서 총독부 사무관으로 가라는 것을 싫다 하고, (관리 하라는) 전보를 두 번이나 거절하고 고집을 부려 변호사 개업을 시작하고, 경성 어느 여관의 객이 되어 예쁜 기생, 돈 많은 갈보들의 유혹을 받으면서, 내가 모씨에게 보낸 편지가 구실이 되어 이 요릿집, 저 친구에게 이혼 의사를 공개하며 다니던 때였습니다. 동기에 아무 죄 없는 나는 방금 서울에 이혼설이 공개된 줄도 모르고 씨의 분을 더 돋웠으니, '한치 앞길을 헤아리지 못하는 이 천치 바보야, 나중 일을 어찌하려고 학자를 떠맡았느냐' 하였사외다.

우리 집 살림살이에 간접으로 전권을 가진 자가 있으니, 즉 시누이외다. 모든 일에 시어머니의 코치 노릇을 할 뿐 아니라, 심지어 서울서 온 손님과 해운대를 갔다 오면, 내일은 반드시 시어머니가 없는 돈을 박박 긁어서라도 갔다 옵니다. 모두가 내 부덕의 소산이라 하겠으나 남보다 많이 배운 나로서 인정인들 남만 못하랴마는, 우리의 이 역경에서 일어나기에는 아무 여유가 없었던 까닭이었사외다.

내가 구미 만유에서 돌아오는 길에 여러 친척 친구들에게 선물을 다소 사가지고 왔습니다. 그러나 시어머니와 시누이며 그외 근친에게는 사가지고 오지 아니하였습니다. 이는 내가 방심하였다는 것보다 그들에게 적당한 물건이 없었던 것이외다. 본국 와서 사드리려고 한 것이 흐지부지된 것이외다. 프랑스에서 오는 짐 두 짝이 모두 포스터와 그림엽서와 레코드와 화구뿐인 것을 볼 때, 그들은 섭섭히 여기고 비웃은 것이외다. 실로 사는 세상은 같으나 마음 세상이 다르고 하니 괴로운 일이 많았습니다. 이로 인하여 시어머니와 시누이의 감정이 말하지 않는 중에 간격이 생긴 것이외다.

씨의 동복同腹 남매가 3남매이외다. 누이 둘이 있으니, 하나는 천치요, 하나는 지금 말하는 시누이니, 지나치게 똑똑하여 빈틈없이 일 처리를 하는 여자외다. 청춘과부로 재가하였으나 일점혈육 없이 어디서 낳아온 딸 하나를 금지옥엽으로 양육할 뿐이요, 남은 정은 어머니와 오래비에 쏟으니, 푼푼이 모은 돈도 오래비를 위함이라. 그리하여 될 수 있는 대로 오래비와 고향에서 가까이 살다가 여생을 마치려 함이었사외다.

어느 때 내가 '나는 동래가 싫어요. 암만 해도 서울 가서 살아야겠어요' 하였사외다. 이상의 여러 가지를 모아 오래비댁은 어머니 불효요, 친척에 불목不睦이요, 고향을 싫어하는 달뜬 사람이라고 결론이 된 것외다. 이것이 어느 기회에 나타나 이혼설에 보조가 될 줄 하나님 외에 누가 알았으랴. 과연 좁은 여자의 감정이란 무서운 것이요, 그것을 짐작하지 못하고 넘어가는 남자는 한없이 어리석은 것이외다.

한 가정에 주부가 둘이어서 시어머니는 '내 살림'이라 하고, 며느리는 따로 예산이 있고, 시누이가 간섭을 하고, 살림하는 마누라에 대해 없는 사실을 지어내고, 전후좌우에는 형제 친척이 와글와글하니, 다정치도 못하고, 약지도 못하고, 돈도 없고, 방침도 없고, 나이도 어리고, 구습에 단련도 안된 일개 주부의 처지가 난처하였사외다. 사람은 외형은 다 같으나 그 내막이 얼마나 복잡하며 이성 외에 감정의 움직임이 얼마나 얼키설키 얽매였는가.

C와 관계

C의 명성은 일찍부터 들었으나 초대면하기는 파리이었사외다. 그를 대접하려고 요리를 하고 있는 나에게 '안녕합쇼' 하는 초인사는 유심히도 힘이 있는 말이었사외다. 이래 부군은 독일로 가서 있고, C와 나는 프랑스어를 모르는 관계상 통역을 두고 언제든지 세 사람이 함께 식당, 극장, 뱃놀이, 시외 구경을 다니며 놀았사외다. 그리하여 과거지사, 현재의 일, 장래의 일을 논하는 중에 공명되는 점이 많았고, 서로 이해하게 되었사외다.

그는 이탈리아 구경을 하고 나보다 먼저 파리를 떠나 독일로 갔사외다. 그 후 쾰른에서 다시 만났사외다. 내가 그 때 이런 말을 하였나이다.

"나는 공을 사랑합니나. 그러나 내 남편과 이혼은 아니하렵니다."

그는 내 등을 뚝뚝 두드리며 "과연 당신의 할 말이오. 나는 그 말에 만족하오" 하였사외다. 나는 제네바에서 어느 고국 친구에게 "다른 남자나 여자와 좋아 지내면 반면으로 자기 남편이나 아내와 더 잘 지낼 수 있지요" 하였습니다. 그는 공명하였습니다.

이와 같은 생각이 있는 것은 필경 자기가 자기를 속이고 마는 것인 줄은 모르나, 나는 결코 내 남편을 속이고 다른 남자, 즉 C를 사랑하려고 하는 것은 아니었나이다. 오히려 남편에게 정이 두터워지리라고 믿었사외다.

구미 일반 남녀 부부 사이에 이러한 공연한 비밀이 있는 것을 보고, 또 있는 것이 당연한 일이요, 중심 되는 본남편이나 본처를 어찌 않는 범위 내의 행동은 죄도 아니요 실수도 아니라, 가장 진보된 사람에게 마땅히 있어야만 할 감정이라고 생각합니다. 그러므로 이러한 사실을 판명할 때는 웃어두는 것이 수요, 일부러 이름을 지을 필요가 없는 것이외다.

장발장이 생각납니다. 어린 조카들이 배고파서 못 견디는 것을 차마 볼 수 없어서 이웃집에 가 빵 한 조각 집은 것이 원인이 되어, 전후 19년이나 감옥 출입을 하게 되었사외다. 그 동기는 얼마나 아름다웠던가. 도덕이 있고 법률이 있어 그의 양심을 속이지 아니하였는가. 원인과 결과가 따로 나지 아니하는가. 이 도덕과 법률로 하여 원통한 죽음이 오죽 많으며, 원한을 품은 자가 얼마나 있을까.

가운家運은 역경에

소위 관리 생활할 때 다소 여유 있던 것은 고향에 집 짓고, 땅 사고, 구미 만유시 2만여 원을 썼으며, 은사금 2천 원 받은 것은 변호사 개업비용에 다 들어가고, 수입은 한푼 없고, 불경기는 날로 혹심해졌습니다. 아무 방침 없어 내가 직업 전선에 나서는 수밖에 없이 되었사외다. 그러나 운명의 장애물은 이 길까지 막고 있었습니다.

귀국 후 8개월 만에 심신 과로하여 쇠약해졌습니다. 그리고 내 무대는 경성이외다. 경제상 관계로 서울에 살림을 차릴 수 없게 되었사외다. 또 어린 것들을 떠나고, 살림을 제치고 떠날 수 없었사외다. 꼼작 못하게 위기 절박한 가운데서 마음만 졸이고 있을 뿐이었나이다. 만일 이 때 젖먹이 어린것만 없고 취직만 되어 생계를 할 수 있었나면, 우리 앞에 이러한 비극이 가로 걸치지를 아니했을 것이외다.

이 때 일이었사외다. 소위 편지 사건이외다. 나를 도와줄 사람은 C밖에 없을 뿐이었사외다. 그리하여 무엇을 하나 경영해 보려고 좀 내려오라고 한 것이외다. 그리고 다시 찾아 사귀기를 바란다고 한 것이외다. 그것이 중간 악한배들이 그릇 전달해 '내 평생을 당신에게 맡기오'가 되어 씨의 대로를 산 것이외다. 나의 말을 믿기보다 그들의 말을 믿을 만치 부부의 정의는 기울어졌고, 씨의 마음은 변하기 시작하였사외다.

조선에도 생존경쟁이 심하고 약육강식이 심하여졌습니다. 게다가 남의 잘못되는 것을 잘되는 것보다 좋아하는 심사를 가진 사람들이라, 이미 씨의 입으로 이혼을 선전해 놓고 편지 사건이 있고 하여, 일없이 남의 말만 일삼는 악한배들은 그까짓 계집을 데리고 사느냐 하고, 천치 바보라 하여 치욕을 가하였나이다. 그 중에는 유력한 코치 그룹이 3,4인 있어서, 소위 사상가적 견지로 보아 나를 혼자 살도록 해보고 싶은 호기심으로 이혼을 강권하고, 후보자를 얻어주고, 전후 방안을 꾸며주었나이다. 그들의 심사는 한 가정의 파열, 어린이들의 앞길을 동정하는 인정미보다 이혼 후에 나와 C의 관계가 어찌 되는가를 구경하고 싶었고, 억세고 줄기찬 한 계집년의 앞길이 참혹히 되는 것을 연극 구경같이 하고 싶은 것이었사외다.

자기의 행복은 자기밖에 모르는 동시에 자기의 불행도 자기밖에 모르는 것이외다. 이 사람 저 사람에게 이혼의 의사를 물어보고 10년간 동거하던 옛날 애처愛妻의 결점을 발로시키는 것도 보통사람의 행위라 할 수 없거니와, 해라, 해라 하는 추김에 놀아나 결심이 굳어져가는 것도 보통사람의 행위라 할 수 없는 것이외다.

여하간 씨의 일가가 비운에 처한 동시에 씨의 일신의 역경이 절정에 달하였사외다. 사건이 있으나 돈 없어서 착수치 못하고, 여관에 있어 서너 달 숙박료를 못 내니 조석으로 주인 대할 면목 없고, 사회 측에서는 이혼설로 비난이 자자하니 행세할 체면 없고, 성격상 판단력이 부족하니 사물에 주저되고, 씨는 양뺨 뼈가 불쑥 나오도록 마르고 눈이 쑥 들어가도록 밤에 잠을 못 자고 번민하였사외다.

씨는 잠 아니 오는 밤에 곰곰이 생각하였사외다. 우선 질투에 받쳐 오르는 분함은 얼굴을 붉게 하였사외다. 그리고 자기가 자기를 생각하고 또 세상맛을 본 결과 돈벌기처럼 어려운 것이 없는 줄 알았사외다. 안동현 시절에 남용하던 것이 후회되고, 아내가 그림 그리려고 화구 산 것이 아까워졌나이다.

사람의 마음은 마치 배 돛대를 바람에 끼워 달면 바람을 따라 달아나는 깃같이 그 근본 생각을 다는 대로 모든 생각은 다 그 편으로 향하여 달아나는 것이외다. 씨가 그렇게 생각할수록 일시도 그 여자를 자기 아내 명의로 두고 싶지 않은 감정이 불과 같이 일어났사외다. 동시에 그는 자기 친구 하나가 기생 서방으로 놀고 편히 먹는 것을 보았사외다. 이것도 자기 역경에서 다시 살아나는 한 방책으로 생각했을 때 이혼설이 공개되니, 여기저기 돈 있는 갈보들이 후보 되기를 청원하는 자가 많아 그 중에서 하나를 취하였던 것이외다.

때는 아내에게 이혼 청구를 하고 만일 승낙치 않으면 간통죄로 고소하겠다고 위협을 하던 때이었사외다. 아아, 남성은 평시 무사할 때는 여성의 바치는 애정을 충분히 향락하면서, 한 번 법률이라든가 체면이란 형식적 속박을 받으면, 어제까지의 방자하고 향락하던 자기 몸을 돌이켜 오늘의 군자가 되어 점잔을 빼는 비겁자요 횡포자가 아닌가. 우리 여성은 모두 일어나 남성을 저주하고자 하노라.

이혼

내 아이들을 데리고 동래 있었을 때외다. 경성에 있는 씨가 도착한다는 전보가 왔습니다. 나는 대문 밖까지 출영하였사외다. 씨는 나를 보고 반목불견反目不見으로 실쭉합니다. 그의 안색은 창백하였고 눈은 들어갔었나이다. 나는 깜짝 놀랐사외다. 그리고 무슨 불상사가 있는 듯하여 가슴이 두근거렸나이다. 씨는 건넌방으로 가더니 나를 부릅니다.

"여보, 이리 좀 오."

"나는 건너갔사외다. 아무 말 없이 그의 눈치만 보고 앉았사외다."

"여보, 우리 이혼합시다."

"그게 무슨 소리요, 별안간에?"

"당신이 C에게 편지하지 않았소?"

"했소."

"'내 평생을 바치오' 하고 편지 안했소?"

"그렇지 아니했소."

"왜 거짓말을 해. 하여간 이혼해."

그는 부등부등 내 장 속에 넣었던 중요문서와 보험증권을 꺼내서 각기 나눠 가지고 안방으로 가서 자기 어머니에게 맡깁니다.

"얘, 고모어머니 오시래라, 삼촌 오시래라."

오래지 않아 하나씩 둘씩 모여들었습니다.

"나는 이혼을 하겠소이다."

"얘, 그게 무슨 소리냐? 어린것들은 어쩌고."

어제 경성서 미리 온 편지를 보고 병석病席처럼 하고 누워 있던 시어머니는 만류하였사외다.

"어, 그 사람 쓸데없는 소리."

형은 말하였사외다.

"형님, 그게 무슨 소리요?"

"서방질하는 것하고 어찌 살아요."

일동은 잠잠하였사외다.

"이혼 못하게 하면 나는 죽겠소."

이때 일동은 머리를 한데 모으고 소곤소곤하였소이다. 시누이가 주장이 되어 일이 결정되었나이다.

"네 마음대로 해라. 어머니에게도 불효요, 친척에게도 불목이란다."

나는 좌중에 뛰어들었습니다.

"하고 싶으면 합시다. 이러니저러니 여러 말할 것도 없고, 없는 허물을 잡아낼 것도 없소. 그러나 이 집은 내가 짓고, 그림 판 돈도 들었고, 돈 버는 데 혼자 벌었다고도 할 수 없으니, 전 재산을 반분합시다."

"이 재산은 내 재산이 아니다. 다 어머니 것이다."

"누구는 산송장인 줄 아오. 주기 싫단 말이지."

"죄 있는 계집이 무슨 뻔뻔으로."

"죄가 무슨 죄야. 만드니 죄지!"

"이것만 줄 것이니 팔아 가지고 가거라."

씨는 논문서 한 장, 약 5백 원 가량 가격 되는 것을 내어주었사외다.

"이따위 것을 가질 내가 아니다."

씨는 경성으로 간다고 일어섰사외다. 그 길로 누이 집으로 가서 의논하고 갔사외다.

나는 밤에 잠을 이루지 못하고 곰곰 생각하였사외다.

"아니다, 아니다. 내가 사죄할 것이다. 그리고 내 동기가 악한 것이 아니었다는 것을 말하자. 일이 커져서는 재미없다. 어린것들의 앞길을 보아 내가 몸을 굽히자."

나는 불현듯 경성행을 하였사외다. 여관으로 가서 그를 만나보았사외다.

"모든 것을 내가 잘못하였소. 동기만은 결코 악한 것이 아니었소."

"지금 와서 이게 무슨 소리야. 어서 도장이나 찍어."

"어린 자식들은 어찌하겠소."

"내가 잘 기르겠으니 걱정 말아."

"그리지 맙시다. 당신과 내 힘으로 못 살겠거는, 우리 종교를 잘 믿어 종교의 힘으로 삽시다. 예수는 만인의 죄를 대신하여 십자가에 못 박히지 아니했소?"

"듣기 싫어."

나는 눈물이 났으나 속으로 웃었사외다. 세상을 그렇게 비뚜로 얽어맬 것이 무엇인가. 한번 남자답게 껄껄 웃어두면 만사 무사히 되는 것 아닌가.

나는 씨가 요지부동할 것을 알았사외다. 나는 모씨에게로 달아났사외다.

"오빠, 이혼을 하자니 어쩔까요?"

"하지. 네가 고생을 아직 모르니까 고생을 좀 해보아야지."

"저는 자식들 앞길을 보아 못하겠어요."

"엘렌 케이(스웨덴 출신의 여성사상가-편집자 주) 말에도 불화한 부부 사이에 기르는 자식보다 이혼하고 새 가정에서 기르는 자식이 양호하다지 아니했는가."

"그것은 이론에 지나지 못해요. 모성애는 존귀하고 위대한 것이니까요. 모성애를 잃는 에미도 불행하거니와 모성애로 기르지 못하는 자식도 불행하외다. 이것을 아는 이상 나는 이혼은 못하겠어요. 오빠, 중재를 시켜주세요."

"그러면 지금부터 절대로 현모양처가 되겠는가?"

"지금까지 내 스스로 현모양처 아니된 일 없으나, 씨가 요구하는 대로 하지요."

"그러면 내 중재해 보지."

모씨는 전화기를 들어 사장과 영업국장에게 전화를 걸었사외다. 중재를 시키자는 말이었사외다. 전화 답이 왔사외다. 타협될 희망이 없으니 단념하라 하나이다.

모씨는 "하지 해, 그만치 요구하는 것을 안 들을 필요가 무엇 있나."

씨는 소설가인 만치 인생 내면의 고통보다 사건 진행에 호기심을 가진 것이었사외다.

나는 여기서도 만족을 얻지 못하고 돌아왔나이다. 그날 밤 여관에서 잠이 아니 와서 엎치락뒤치락할 때 사랑에서는 기생을 불러다가 흥이냐, 흥이냐 놀며 때때로 껄껄 웃는 소리가 스며들어 왔나이다.

이 어이한 모순이냐. 상대자의 품행이 바르지 못함을 논할진대, 자기 자신이 곧고 깨끗해야 할 것이 당연한 일이거든, 남자라는 명목하에 이성과 놀고 자도 관계없다는 당당한 권리를 가졌으니, 사회제도도 제도려니와 몰상식한 태도에는 웃음이 나왔나이다. 마치 어린애들 장난 모양으로 너 그러니 나도 이러겠다는 행동에 지나지 아니했사외다.

인생 생활의 내막이 복잡한 것을 일찍이 직접 경험노 못하고 능히 상상도 못하는 씨의 일이라, 오래지 않아 후회할 것을 짐작하나, 이미 기생 애인에 열중하고 지난 일을 구실 삼아 이혼 주장을 고집불통하는데야, 씨의 마음을 돌이키게 할 아무 방침이 없었사외다.

나는 부득이 동래를 향하여 떠났사외다. 봉천으로 달아날까, 일본으로 달아날까, 요 고비만 넘기면 무사하리라고 확신하는 바이었사외다. 불행히 내 수중에는 그만한 여비가 없었던 것이외다.

고통에 못 견뎌서 대구에서 내렸사외다. Y씨 집을 찾아가니 반가워하며 연극장으로, 요릿집으로, 술도 먹고 담배도 피우며, 그 부인과 세 사람이 날을 새웠사외다. 씨는 사위 얻을 걱정을 하며 인재를 구해 달라고 합니다. 나만 아는 내 고통은 쉴 새 없이 내 마음속에 돌고 돌고 빙빙 돌고 있었나이다.

할 수 없이 동래로 내려갔사외다. 씨에게서는 여전히 이틀에 한 번씩 독촉장이 왔사외다.

"이혼장에 도장을 치오. 15일 내로 아니 치면 고소하겠소."

내 답장은 이러하였사외다.

"남남끼리 합하는 것도 당연한 이치요, 떠나는 것도 당연한 이치나, 우리는 서로 떠나지 못할 조건이 네 가지가 있소. 첫째는 80 노모가 계시니 불효요. 둘째는 자식 4남매요, 학령아동인 만치 보호해야 할 것이오. 셋째는 가정은 부부의 공동생활인 만치 생산도 공동으로 되었을 뿐 아니라, 분리케 되는 동시는 마땅히 한 집이 두 집 되는 생계가 있어야 할 것이오. 이것을 마련해 주는 것이 사람으로서의 의무가 아닐까 하오. 넷째는 우리 나이가 경험으로 보든지 시기로 보든지 순정, 즉 사랑으로만 산다는 것보다 이해와 의로 살아야 할 것이오. 내가 이미 사과하였고 내 동기가 전혀 악으로 된 것이 아니요, 또 씨의 요구대로 현모양처가 되리라"고 하였사외다.

씨의 답장은 이러하였사외다.

"나는 과거와 장래를 생각하는 사람이 아니오. 현재로만 살아갈 뿐이오. 정말 자식을 못 잊겠다면 이혼 후 자식들과 동거해도 좋고, 전과 똑같이 지내도 무관하오."

나를 꾀이는 말인지, 이혼의 시말이 어찌 되는지, 역시 몰상식한 말이었사외다. 해 달라, 아니해 주겠다 하는 동안 거의 한 달 동안이 되었나이다. 하루는 정학시켜 달라고 한 삼촌이 노심惄心을 품고 앞장을 서고 시숙들, 시누이들이 모여 내게 육박하였사외다.

"잘못했다는 표로 도장을 찍어라. 그 뒤 일은 우리가 다 무사히 만들 것이니."

"혼인할 때도 두 사람이 한 일이니까 이혼노 두 사람이 할 터이니 걱정을 마시고 가시오."

나는 밤에 한잠 못 자고 생각하였사외다.

일은 이미 틀렸다. 계집이 생겼고 친척이 동의하고 한 일을 혼자 아니하려도 쓸데없는 일이다. 나는 문득 이러한 방침을 생각하고 서약서 두 장을 썼습니다.

```
          서 약 서


  부夫 ○○○과 처妻 ○○○은 만 2개년 동안 재

  가再嫁 또는 재취再娶하지 않기로 하되 피차의

  행동을 보아 복구할 수가 있기로 서약함.


                      부 ○○○ 인

                      처 ○○○ 인
```

중재를 시키려 상경하였던 시숙이 도장을 찍어가지고 내
려왔나이다. 그는 이렇게 말하였나이다.

"여보, 아주머니, 찍어줍시다. 그까짓 종이가 말하오? 자
식이 4남매나 있으니 이 집에 대한 권리야 어디 가겠소. 그리고
형님도 말뿐이지 설마 수속을 하겠소?"

옆에 앉았던 시어머니도,

"그렇다뿐이겠니, 그러다가 병날까 보아 큰 걱정이다. 찍어
주고 저는 계집 얻어 살거나 말거나, 너는 나하고 어린것들 데
리고 살자 그려."

나는 속으로 웃었사외다. 그리고 아니꼽고 속상했사외다. 얼른 도장을 꺼내다가 주고,

"우물쭈물할 것 무엇 있소. 열 번이라도 찍어주구려."

과연 종이 한 장이 사람의 심사를 어떻게 움직이게 하는지 예측하지 못하던 일이 하나씩 둘씩 생기고, 때를 따라 변하는 모습은 울음으로 볼까, 웃음으로 볼까, 절대 무저항주의의 태도를 가지고 묵언중에 타임이 운반하는 감정과 사물을 꾹꾹 참고 하나씩 겪어 제칠 뿐이었나이다.

이혼 후

H에게서 편지가 왔나이다.

"K에서 전화가 왔는데 이혼 수속을 필하였다고 사방으로 통지하는 모양입디다. 참 우스운 사람이오. 언니는 그런 사람과 이혼 잘했소. 딱 일어서서 탁탁 털고 나오시오."

그러나 네 아이를 위하여 내 몸 하나를 희생하자. 나는 꼼짝 말고 있을란다. 이래 두 달 동안 있었나이다.

공기는 일변하였나이다. 서울서 씨가 종종 내려오나 나 있는 집에 들르지 아니하고, 누이 집에 들러 어머니와 아이들을

청해다가 보고, 시어머니는 눈을 흘기고, 시누이는 추기고, 시숙들은 우물쭈물 부르고, 시어머니는 전권이 되고 말았나이다.

동리 사람들은 "왜 아니 가누. 언제 가누?" 구경삼아 말한다. 아이들은 할머니가 과자 사탕을 사주어가며 내 방에서 데려다 잔다. 이와 같이 전쟁 후 승리자나 패배자 사이와 같이, 나는 마치 포로와 같이 되었나이다. 나는 문득 이렇게 생각했나이다.

"네 어린 것들을 살릴까, 내가 살아야 할까."

이 생각으로 사흘 밤을 철야하였사외다. 오냐, 내가 있는 후에 만물이 생겼다. 자식이 생겼다. 아이들아, 너희들은 일찍부터 역경을 겪어라. 너희는 무엇보다 사람 자체가 될 것이다. 사는 것은 학문이나 지식으로 사는 것이 아니다. 사람이라야 사는 것이다.

장 자크 루소의 말에도 "나는 학자나 군인을 양성하는 것보다 먼저 사람을 기르노라" 하였다. 내가 집을 나서는 날은 일곱 사람이 역경에서 헤매는 날이다. 그러나 일어나 내 개성을 위하여, 일반 여성의 승리를 위하여, 짐을 부둥부둥 싸가지고 출가 길을 차렸나이다. 북행 차를 탔나이다. 어디로 갈까? 집도 없고, 부모도 없고, 형제도 없고, 자식도 없고, 친구도 없고, 이 홀로 된 몸 어디로 갈까? 어디로 갈까?

경성에서 혼자 살림하고 있는 오래비 댁으로 갔었나이다. 마침 제사 때라 봉천서 오래비가 돌아왔었나이다. 이미 긴 편지로 사건의 시종을 말했거니와, 이번 사건에 일절 자기는 나서지를 아니하고 자기 아내를 내어 보내어 타협 교섭한 일도 있었나이다.

"하여간 당분간은 봉천으로 가서 있게 하자."

"C를 한 번 만나보고 결정해야겠소."

"만나 보긴 무얼 만나보아."

"일이 이만치 되고 K와 절연이 된 이상 C와 연을 맺는 것이 당연한 일이 아니겠소?"

"별말 말아라. K가 지금 체면상 어쩌지를 못하여 그리하는 것이니까. 봉천 가서 있으면 저도 생각이 있겠지."

이때 두어 친구는 절대로 서울 떠나는 것을 반대하였나이다. 그는 서울 안에 돈 있는 독신 여자가 많아 K를 유혹하고 있다는 것이었사외다. 오래비는 이렇게 말하였나이다.

"다른 여자를 얻는다면 K의 인격은 다 알 수가 있는 것이다. 다 운명에 맡기고 가자, 가."

봉천으로 갔었나이다. 나는 진정할 수 없었나이다. 물론 그림은 그릴 수 없었고, 그대로 소일할 수도 없었나이다. 나는 내 과거 생활을 알기 위하여 초고草稿해 두었던 원고를 정리하였사외다. 그 중에 모성에 대한 글, 부부 생활에 대한 글, 애인을 추억하는 글, 자살에 대한 글, 지금 당할 모든 것을 예언한 것같이 되었나이다. 그리하여 전에 생각하였던 바를 미루어 마음을 수습할 수 있었던 것이외다. 한 달이 못되어 밀고 편지가 왔나이다.

"K는 여편네를 얻었소. 아이도 데려간다 하오."

아직도 설마 수속까지 하였으랴, 사회 체면만 면하면 화해가 되겠지 하고 믿고 있던 나는 깜작 놀랐사외다. 오래비가 들어왔소이다.

"너 왜 밥도 안 먹고 그러니?"

"이것 좀 보오."

편지를 보였나이다. 오래비는 보고 비웃음을 머금었나이다.

"제가 잘못 생각이지, 위인爲人은 다 알았다. 그까짓 것 단념해 버리고 그럼하고나 살아라. 걸작이 나올지 아니?"

"나는 가보아야겠소."

"어디로?"

"서울로 해서 동래까지."

"다 끝난 일을 가보면 무얼 해. 비웃음 받을 뿐이지."

"그러나 사람이 되고서 그럴 수가 있소? 생활비 한 푼 아니 주고 이혼이 무어요."

"2개월간 별거 생활하자는 서약은 어찌된 것이야?"

"그것도 제 맘대로 취소한 것이지."

"그놈 미쳤군, 미쳤어."

"나는 가서 생활비 청구를 하겠소. 아니 내가 번 것을 찾겠소."

"그러면 가보되 진중히 일을 해야 네 비웃음을 면한다."

나는 부산행 기차를 탔습니다. 경성역에 내리니 전보를 받은 T가 나왔습니다. T의 집으로 들어가 우선 씨의 여관 주인을 청했습니다. 나는 씨의 행동이 씨 혼자의 행동이 아니라, 여관 주인을 위시하여 주위에 있는 친구들의 충동인 것을 안 까닭이었나이다.

"여보셔요."

"예."

"친구의 가정이 불행한 것을 좋아하십니까, 행복된 것을 좋아하십니까?"

"네, 물으시는 뜻을 알겠습니다. 너무 오해하지 마십쇼. 나는 전혀 몰랐더니, 하루는 짐을 가지고 나갑디다. 나도 그 여자 잘 아오. 며칠 살겠소?"

T는 말한다.

나는 두어 친구를 동반하여 북미창정(북창동의 일제강점기 때 이름 - 편집자 주) 씨의 살림집을 향하여 갔었습니다. 내가 밖에 섰으려니까 씨가 우쭐우쭐 오더니, 그 집으로 들어가지 아니하고 내 앞을 지나갑니다.

"여보, 찻집에 들어가 이야기 좀 합시다."

두 사람은 찻집으로 들어갔습니다.

"나 살 도리를 차려주어야 아니하겠소?"

"내가 아나. C더러 살려 달라지."

"남의 걱정은 말고 자기 할 일이나 하소."

"나는 몰라."

나는 그 길로 부청府廳으로 가서 복적 수속을 물어 가지고 용지를 가지고 사무실로 갔었나이다.

"여보, 복적해 주오."

"이게 무슨 소리야?"

"지난 일은 다 잊어버리고 갱생하여 삽시다. 당신도 파멸이요, 나도 파멸이오. 두 사람에게 속한 다른 생명까지 파멸이오."

"왜 그래?"

"차차 살아보오. 당신 고통이 내 고통보다 심하리다."

"누가 그런 걱정하래?"

홀쩍 나가 버린다.

그 이튿날이외다. 나는 씨를 찾아 사무실로 갔사외다. 씨는 마침 점심을 먹으러 자택으로 향하는 길이었나이다.

"찻집에 들어가 나하고 이야기 좀 합시다."

씨는 아무 말 없이 달음질을 하여 그 집 문으로 쑥 들어섰나이다. 나도 부지불각중 들어섰나이다. 뒤를 따라 방안으로 들어섰나이다. 여편네는 세간 걸레질을 치다가, "누구요?" 한다.

세 사람은 마주 쳐다보고 앉았나이다.

"영감을 많이 위해 준다니 고맙소. 오늘 내가 여기까지 오려던 것이 아니라, 찻집에 들어가 이야기하쟀더니 그냥 오기에 쫓아온 것이오."

"길에서 많이 뵌 것 같은데요."

"그런시노 모르지요."

"내가 오늘 온 것은 이같이 속히 끝날 줄은 몰랐소. 이왕 이렇게 된 이상 나도 살 도리를 차려주어야 할 것 아니오. 그렇지 않으면 나도 이 집에서 살겠소. 인사 차리지 못하는 사람에게 인사를 차리겠소?"

씨는 아무 말 없이 나가버렸나이다. 나와 여편네와 담화가 시작되었나이다.

"대체 어떻게 된 일이오?"

"그야 내게 물을 것 무엇 있소. 알뜰한 남편에게 다 들었겠소."

"그래, 그럼 그리는 재주가 있으니까 살기야 걱정 없겠지요."

"지팡이 없이 일어서는 장수가 있답디까?"

"나도 팔자가 사나워서 두 계집 노릇도 해보았소마는, 어린 것들이 있어 오직 마음이 상하리까. 어린 것들을 보고 싶을 때는 어느 때든지 보러 오시지요."

"그야 내 마음대로 할 것이오. 저 남산 꼭대기 소나무가 얼마나 고상해 보이겠소마는, 그 꼭대기에 올라가 보면 마찬가지로 먼지도 있고 흙도 있을 것이오."

"그 말씀은 내가 남의 첩으로 있다가 본처가 되어도 일반이겠다는 말씀이지요?"

"그것은 마음대로 해석하구려."

씨가 다시 들어왔나이다. 세 사람은 다시 주거니 받거니 이야기가 시작되었나이다.

이때 어느 친구가 들어왔나이다. 그는 이번 사건에 화해시키려고 애를 쓴 사람이었나이다.

"무엇들을 그러시오?"

"둘이 번 재산을 나누어 갖자는 말이외다."

그 문제는 내게 일임하고 R선생은 나와 같이 나갑시다. 가시지오."

나는 더 있어야 별 수 없을 듯하여 핑계 삼아 일어섰나이다. 씨와 저녁을 먹으며 여러 이야기를 하였나이다.

나는 그 이튿날 동래로 내려갔사외다. 나는 기회를 타서 네 아이를 끼고 바다에 몸을 던질 결심이었나이다. 내 태도가 이상하였는지 시어머니와 시누이는 눈치를 채고 아이들을 끼고 돕니다. 기회를 타려 해도 탈 수가 없었나이다. 또다시 짐을 정돈하기 위하여 잠가 두었던 장문을 열었나이다. 반이 쑥 들어간 것을 볼 때 깜짝 놀랐나이다.

"이 장문을 누가 곁쇠질을 했어요?"

"나는 모른다. 저번에 아범이 와서 열어보더라."

"그래 여기 있던 물건은 다 어쨌어요?"

"안방에 갖다 두었다."

"그것은 다 이리 내놓으시오."

여편네들 혀끝에 놀아 잠근 장을 곁쇠질하여 중요 물품을 꺼낸 씨의 심사를 밉다고 할까, 분하다고 할까. 나는 마음을 눅여서 생각하였나이다. 역시 몰상식하고 몰인정한 태도이외다. 그만치 그가 쓸데없이 약아지고, 그만치 그가 경제상 핍박을 당한 것을 불쌍히 생각하였나이다. 다시 최후의 출가를 결심하고 경성으로 향하였나이다. 황막한 사막에 서 있는 외로운 몸이었나이다.

어디로 향할까

모성애를 고수해 보려고 갖은 애를 썼나이다. 이 점으로 보아 양심에 부끄러울 아무 것도 없었나이다.

나는 죽을 수밖에 없는 사람이 되고 말았나이다. 죽는 일은 쉽사외다. 한번 결심만 하면 뒤는 극락이외다. 그러나 내 사명이 무엇이 있는 것 같사외다. 없는 길을 찾는 것이 내 힘이요, 없는 희망을 만드는 것이 내 힘이었나이다.

역경에 처한 자의 요령은 노력이외다. 근면이외다. 번민만 하고 있는 동안은 타임은 가고, 그 타임은 절망과 파멸밖에 갖다 주는 것이 없나이다. 나는 우선 제전帝展에 입선될 희망을 만들었나이다. 그림을 팔고, 있는 것을 전당하여, 금강산행을 하였나이다. 구 만물상 만상정에서 한 달간 지내는 동안 크고 작은 그림 20개를 얻었나이다. 여기서 우연히 아베 미쓰이에 씨와 박희도 씨를 만났사외다.

"아, 이게 웬일이오?"

박희도 씨는 나를 보고 놀랐사외다.

"선생, 이곳에 R씨가 있네요."

아베 씨는 우리 방 문지방에 걸터앉으며 유심히 내 얼굴을 쳐다보았나이다.

"혼자세요?"

"혼자 사는 사람이 홀로 있는 게 당연한 것 아닌가요?"

"갑시다."

씨는 강한 어조로 동정에 넘치는 말이었사외다.

"내일까지 끝마쳐야 하는 그림이 있어서 내일 저녁 때 내려가겠습니다."

"그럼 호텔에서 기다리지요."

"예, 알겠습니다."

씨는 한 발을 질질 끌며 의자에 앉았사외다. 타고 다니는 의자에.

"인간도 이쯤 되면 끝장인 셈이지요."

"선생도 별 말씀을 다하십니다."

그 이튿날 호텔에서 만나 금번 압록강 상류 일주 일행 속에 참가되도록 이야기가 진행되었나이다. 이튿날 두 사람은 주을온천으로 가고, 나는 고성 해금강으로 갔나이다. 고성군수 부인이 동경 유학시 친구이었던 관계상 그의 사택에 가서 성찬으로 잘 놀고, 해금강에서 역시 아는 친구를 만나 생복을 많이 얻어먹었나이다.

북청으로 가서 일행을 만나 혜산진으로 향하였나이다. 후기령 경색은 마치 한폭의 남화南畵이었나이다. 일행 중 아베 씨, 박영철 씨 두 분이 계셔서, 처처에 환영이며 연회는 성대하였나이다. 신갈포로 압록강 상류를 일주하는 광경은 형언할 수 없이 좋았나이다.

일행은 신의주를 거쳐 경성으로 향하고, 나는 봉천으로 향하였나이다. 거기서 그림 전람회를 하고 대련까지 갔다 왔나이다. 그 길로 동경행을 차렸나이다. 대구서 아베 씨를 만나 경주 구경을 하고, 진영으로 가서 박간농장을 구경하고, 자동차로 통도사, 범어사를 지나 동래를 거쳐 부산에 도착하여, 연락선을 탔나이다.

동경역에는 C가 출영하였었나이다. 그는 의외에 내가 오는 것을 보고 놀랐사외다.

파리에서 그린 내게는 걸작이라고 할 만한 〈정원〉을 제전에 출품하였었나이다. 하룻밤은 입선이 되리라 하여 기뻐서 잠을 못 자고, 하룻밤은 낙선이 되리라 하여 걱정이 되어서 잠을 못 잤나이다. 1,224점 중 2백 점 선출에 입선이 되었나이다. 너무 기쁨에 넘쳐 전신이 떨렸사외다. 신문 사진반은 밤중에

문을 두드리고, 라디오로 방송이 되고, 한 뉴스가 되어 동경 일대를 뒤떠들었사외다.

이로 인하여 나는 면목이 섰고, 내 일신의 생계가 생겼나이다. 사람은 남자나 여자나 다 힘을 가지고 납니다. 그 힘을 사람은 어느 시기에 가서 자각합니다. 아무라도 한 번이나 두 번은 다 자기 힘을 자각합니다. 나는 평생 처음으로 자기 힘을 의식하였나이다. 그때에 나는 퍽 행복스러웠사외다. 아, 아베 씨는 내가 갱생하는 데 은인이외다. 정신상으로나 물질상 얼마나 힘을 써주었는지 그 은혜를 잊을 길이 없사외다.

모성애

몇백만 명 여성이 몇천 년 전 옛날부터 자식을 낳아 길렀고, 이와 동시에 본능적으로 맹목적으로 육체와 영혼을 무조건으로 자식을 위하여 바쳐왔나이다. 이는 여성으로서 날 때부터 가지고 나온 한 도덕이었고, 한 의무이었고, 이보다 이상되는 천직이 없었나이다. 그러므로 연인의 사랑, 친구의 사랑은 상대적이요 보수적報酬的이나, 어머니가 자식을 사랑하는 것만은 절대적이요 무보수적이요 희생적이외다. 그리하여 최고 존귀한 것은 모성애가 되고 말았사외다.

많은 여성은 자기가 가진 이 모성애로 인하여 얼마나 만족을 느꼈으며 행복스러웠는지 모릅니다. 그러나 때로는 이 모성애에 얽매여 하고 싶은 것을 하지 못하고, 비참한 운명 속에서 울고 있는 여성도 적지 않습니다. 그러면 이 모성애는 여성에게 최고 행복인 동시에 최고 불행한 것이 되고 말았습니다. 여자가 자기 개성을 잃고 살 때, 모든 생활 보장을 남자에게 받을 때, 무한이 편하였고 행복스러웠나이다. 하지만 여자도 인권을 주장하고 개성을 발휘하려고 하며, 남자만 믿지 않고 생활전선에 나서게 된 오늘에는 무한한 고통이요, 불행을 느낄 때도 있는 것이외다.

나는 어느덧 네 아이의 어머니가 되고 말았사외다. 내가 애를 쓰고, 애를 배고, 애를 낳고, 애를 젖 먹여 기른 것은 큰 사실이외다. 나는 〈모 된 감상기〉 중에 '자식의 의미는 단수에 있는 것이 아니라 복수에 있다'고 하였사외다. 과연 하나 기르고, 둘 기르는 동안 지금까지의 애인에게서나 친구에게서 맛보지 못하는 애정을 느끼게 되었었나이다.

구미 만유하고 온 후로는 자식에 대한 이상이 서 있게 되었었나이다. 아이들의 개성이 눈에 띄고 그들의 앞길을 지도할 자신이 생겼었나이다. 그리하여 나는 그들을 길러 보려고 얼마나 애쓰고, 굴복하고, 사죄하고, 화해를 요구하였는지 모릅니다. 그러나 모든 것이 무용지물이 되고 말았구려.

금욕 생활

한밤중에 눈을 뜨면 허공의 구석으로부터 한 줄기 바람이 어디선지 모르게 불어 들어옵니다. 그때 고적이 가슴속에 퍼지는 것을 깨닫습니다. 지금까지 내가 느끼는 고적은 아픈 것은 있었으나 해될 것은 없었습니다. 지금 느끼는 고적은 독초 가시에 찔리는 자국의 아픔임을 깨달았습니다. 어디로부터 와서 어디로 가는지 모르는 가운데서 무엇을 하든지 그 뒤는 고적합니다.

나는 소위 정조를 고수한다는 것보다 재혼하기까지는 중심을 잃지 말자는 것이외다. 즉, 내 마음 하나를 잃지 말자는 것이외다. 나는 이미 중실中實을 잃은 사람이 되고 말았습니다. 이에 중심까지 잃는 날은 내 앞길은 파멸이외다. 오직 중심 하나를 붙잡기 위하여 절대 금욕 생활을 하여왔사외다.

남녀를 물론하고 임신 시기에는 금욕 생활이 용이한 일이 아니외다. 나도 이때만은 태몽을 꾸면서 고통으로 지냈나이다.

나는 처녀와 같고 과부와 같은 심리를 가질 때가 종종 있나이다. 그리고 독신자에게는 이러한 경구가 있는 것을 잊어서는 아니됩니다.

'모든 사람에게 허락할까, 한 사람에게도 허락하지 말까.'

이성의 사랑은 무섭나이다. 사람의 정열이 무한히 올라가는 것이 아니라, 한란계의 수은이 100도까지 올라갔다가 도로 내려오듯이, 사랑의 초점을 100도라 치면 그 이상 올라가지 못하고 내려오는 것이외다. 그리하여 열정이 고양될 때는 상대자의 행동이 미화 선화善化되나, 저하할 때는 여지없이 추화醜化 악화되는 것이외다.

나는 이것을 잘 압니다. 그리하여 사랑이 옴 돋을 만하면 딱 부러뜨려 버립니다. 나는 그 저하한 뒤의 고적을 무서워함입니다, 싫어함입니다. 이번이야말로 다시 이런 상처를 받게 되는 날은 갈 곳 없이 사지로밖에 돌아갈 길이 없는 까닭입니다. 아, 무서운 것!

적막한 것이 사람입니다. 그러므로 사람은 살아 있는 것을 무의미로 생각하기에는 너무 깊은 감각을 주는 것을 알 수 있습니다. 어디를 구르든지 어떻게 하든지 거기까지 가는 사람은 은택 입은 사람입니다. 적막에서 돌아오는 그것이 우리의 희망일는지 모릅니다.

아, 사람은 혼자 살기에는 너무 작습니다. 타임의 1일은 짧으나 그 타임이 계속된 1년이나 2년은 깁니다.

이혼 후 소감

나는 사람으로 태어난 것을 후회합니다. 나는 사람으로 태어나고 싶어 태어난 것이 아니라, 사람이 어떠한 것인지, 이 세상이 어떠한 곳인지, 모르고 태어난 것 같사외다. 이 인생됨이 더 추하고 비참한 것이요, 더 절망적으로 되었다 하더라도, 나는 원망치 아니합니다. 지금 나는 죽어도 살아도 똑같다고 생각합니다. 죽음은 무서운 것이외다. 그럴 때마다 자기를 참으로 살렸는지 아니하였는지 봅니다. 나는 자기를 참으로 살릴 때는 죽음이 무섭지 않사외다. 다만 자기를 다 살리지 못하였을 때 죽음이 무섭습니다. 그런 고로 죽음의 공포를 깨달을 때마다 자기의 부덕함을 통절히 느낍니다.

나는 자기를 천박하게 만들고 싶지 않은 동시에 타인을 원망하기 전에 자기를 반성하고 싶습니다. 자기 내심에 천박한 마음이 생기는 것을 알고 고치지 않고는 견디지 못하는 사람은 인류의 보물이외다. 이러한 사람은 벌써 자기 마음속에 있는 잡초를 잊고 좋은 씨를 이르는 곳마다 펼치어 사람 마음의 양식이 되는 자외다. 즉, 공자나 석가나 예수와 같은 사람이외다. 태양은 만물을 뜨겁게 아니하려 해도 자연 덥게 만듭니다. 아무런 것이 오더라도 그것을 비추는 재료로 바꾸어 버립니다. 바다는 아무리 더러운 것이 뜨더라도 자체를 더럽히지 않습니다. 모든 사람의 경우와 처지를 생각해 보고, 그때 거기에서 자기를 찾습니다. 사랑을 깨닫습니다. 그러므로 자기가 요구하는 사람은 먼저 자기를 만들 것입니다. 사람은 자기 내심의 자기도 모르는 정말 자기를 가지고 있습니다. 보이지도 알지도 못하는 자기를 찾아내는 것이 사람 일생의 일거리입니다. 즉, 자아발견이외다.

사람은 쓸데없는 격식과 세간의 체면과 반쯤 아는 학문의 속박을 많이 받습니다. 있으면 있을수록 더 가지고 싶은 것이 돈이외다. 높으면 높을수록 더 높아지고자 하는 것이 지위외다. 가지면 가진 만치 음기陰氣로 되는 것이 학문이외다. 사람의 행복은 부를 얻을 때도 아니요, 이름을 얻은 때도 아니요, 어떤 일에 일념이 되었을 때외다. 일념이 된 순간에 사람은 전신을 씻은 듯이 맑은 행복을 깨닫습니다. 즉, 예술적 기분을 깨닫는 때외다.

인생은 고통 그것일는지 모릅니다. 고통은 인생의 사실이외다. 인생의 운명은 고통이외다. 일생을 두고 고통을 깊이 맛보는 데 있습니다. 그리하여 이 고통을 명확히 사람에게 알리는 데 있습니다. 보통 사람은 고통의 지배를 받고, 천재는 죽음을 가지고 고통을 이겨내어 영광과 권위를 취해 낼 만한 살 방침을 차립니다. 이는 고통과 쾌락 이상 자기에게 사명이 있는 까닭이외다. 그리하여 최후는 고통 이상의 것을 만들고 맙니다.

번뇌 중에서도 일의 시초를 지어 잊습니다. 내 갈 길은 내가 찾아 얻어야 합니다.

사람은 누구든지 자기 운명이 어찌될지 모릅니다. 속 마디를 지은 운명이 있습니다. 끊을 수없는 운명의 철쇄이외다. 그러나 너무 비참한 운명은 왕왕 약한 사람으로 하여금 반역케 합니다. 나는 거의 재기할 기분이 없을 만치 때리고 욕하고 저주함을 받게 되었습니다. 그러나 나는 필경은 같은 운명의 줄에 잉키어 잃어질시라노 필사의 쟁투에 끌리고 애태우고 괴로워하면서 재기하려 합니다.

조선 사회의 인심

우리가 구미 만유하기까지는 그다지 심하지 아니하였지

만, 갔다 와서 보니 전에 비하여 일반 레벨이 훨씬 높아진 것이 완연히 눈에 띄었습니다. 그리하여 유식계급이 많아진 동시에 생존경쟁이 한층 심하여졌습니다. 생활 전선에 선 2천만 민중은 저축 없고, 직업 없고, 실력 없이, 살길을 헤매어, 할 수 없이 오사카로, 만주로, 남부여대하여 가는 자가 적지 않습니다. 과연 조선도 이제는 돈이 있든지 실력, 즉 재주가 있든지 하여야만 살게 되었사외다.

사상상으로 보면 국제적 인물이 통행하는 관계상 각 방면의 주의 사상이 수입되게 됩니다. 이에 좁게 알고 넓게 보지 못한 사람으로 그 요령을 취득하기에 방황하는 것은 당연한 이치입니다. 비빔밥을 그냥 먹을 뿐이요, 그 중에서 맛을 취할 줄 모르는 것이 대부분입니다. 그러므로 오늘은 이 주의에서 놀다가 내일은 저 주의에서 놀게 되고, 오늘은 이 사람과 친했다가 내일은 저 사람과 친하게 됩니다. 일정한 주의가 확립되지 못하고, 고립한 인생관이 서지 못하여, 바람에 날리는 갈대와 같은 시일을 보내고 맙니다. 이는 대개 정치 방면에 길이 막히고, 경제에 얽매여, 자기 마음을 자기가 마음대로 가질 수 없는 관계도 있겠지만, 너무 산만적이 되고 말았나이다.

조선의 유식계급 남자사회는 불쌍합니다. 제일무대인 정치 방면에 길이 막히고, 배우고 쌓은 학문은 용도가 없어지고,

이 이론 저 이론 말해야 이해해 줄 사회가 못되고, 그나마 사랑에나 살아볼까 하나 가족제도에 얽매인 가정, 몰이해한 처자로 하여 눈살이 찌푸려지고 생활이 신산스러울 뿐입니다. 애매한 요릿집에나 출입하며 죄없는 술에 투정을 다하고 몰상식한 기생을 품고 즐기나, 그도 역시 만족을 주지 못합니다. 이리가보면 나을까, 저 사람을 만나면 나을까 하나 남는 것은 오직 고적뿐입니다.

유식계급 여자, 즉 신여성도 불쌍하외다. 아직도 봉건시대 가족제도 밑에서 자라나고, 시집가고, 살림하는 그들의 내용의 복잡이란 말할 수 없이 난국이외다. 반쯤 아는 학문이 신구식의 조화를 잃게 할 뿐이요, 음기를 돋울 뿐이외다. 그래도 그대들은 대학에서, 전문에서 인생철학을 배우고, 서양에나 동경에서 그들의 가정을 구경하지 아니하였는가. 마음과 뜻은 하늘에 있고, 몸과 일은 땅에 있는 것이 아닌가. 달콤한 사랑으로 결혼하였으나 너는 너요, 나는 나대로 놀게 되니, 사는 아무 의미가 없어지고, 아침부터 저녁까지 반찬 걱정만 하게 되는 것 아닌가. 급기야 신경과민, 신경쇠약에 걸려 독신 여자를 부러워하고, 독신주의를 주장하는 것이 아닌가.

여성을 보통 약자라 하나 결국 강자이며, 여성을 작다 하나 위대한 것은 여성이외다. 행복은 모든 것을 지배할 수 있는 그 능력에 있는 것이외다. 가정을 지배하고, 남편을 지배하고, 자식을 지배한 나머지에 사회까지 지배하소서. 최후 승리는 여성에게 있는 것 아닌가.

조선 남성 심사는 이상하외다. 자기는 정조 관념이 없으면서 처에게나 일반 여성에게 정조를 요구하고, 또 남의 정조를 빼앗으려고 합니다. 서양이나 동경 사람쯤 되더라도 내가 정조 관념이 없으면 남의 정조 관념 없는 것을 이해하고 존중합니다. 남의 정조를 유인하는 이상 그 정조를 고수하도록 애호해 주는 것도 보통 인정이 아닌가. 종종 방종한 여성이 있다면 자기가 직접 쾌락을 맛보면서 간접으로 말살시키고, 입에 넣어 씹는 일이 적지 않습니다. 이 어이한 미개명의 부도덕이냐.

조선 일반 민심은 과도기인 만치 탁 터나가지를 못하면서, 내심으로는 그런 것을 요구합니다. 경제에 얽매여 옴치고 뛸 수 없으나, 지글지글 끓는 감정을 풀 곳이 없다가, 누가 앞을 서는 사람이 있으면 가부를 막론하고 비난하며, 그들에게 확실한 인생관이 없는 만치 사물에 해결이 없으며, 동정과 이해가 없이 형세 닿는 대로 이리 긁히고 저리 긁히게 됩니다. 무슨 방침을 세워서라도 구해 줄 생각은 터럭만큼도 없이, 마치 연극이나 활동사진 구경하듯이 재미스러워하고 코웃음치고 책망하여, 일껏 앞을 내다보는 눈을 가졌던 유망한 청년으로 하여금 위축된 불구자를 만드는 것 아닌가.

보라, 구미 각국에서는 뛰는 행동 하는 자를 유행을 삼아 그것을 장려하고, 그것을 인재라 하며, 그것을 천재라 하지 않는가. 그러므로 앞을 다투어 창작물을 내나니, 이럼으로써 하루가 다르게 사회의 진보가 보이지 않는가.

조선은 어떠한가? 조금만 변한 행동을 하면 곧 말살시켜 재기하지 못하게 하나니, 고금의 예를 보십시오. 천재는 당시 풍속 습관에 만족을 갖지 못할 뿐 아니라, 다음 세대를 추측할 수 있고 창작해 낼 수 있나니, 변동을 행하는 자를 어찌 경솔히 볼까 보냐. 가공할 것은 천재의 싹을 분질러 놓는 것이외다. 그러므로 조선 사회에는 금후 제1선에 나서 활동하는 사람도 필요하거니와, 제2선, 제3선에 처하여 유망한 청년이 역경에 처하였을 때, 그 길을 틔워주는 원조자가 있어야 할 것이요, 사물의 원인 동기를 깊이 살펴 쓸데없는 도덕과 법률로써 재판하여 큰 죄인을 만들지 않는 이해자가 있어야 할 것입니다.

청구 씨에게

씨여, 이만 하면 떨어져 있는 동안의 내 생각을 알겠고, 변동된 내 생활을 알겠사외다. 그러나 여보셔요, 아직까지도 나는 내게 적당한 행복된 길이 어디 있는지를 찾지 못하였어요. 씨와 동거하면서 때때로 의사충돌을 하며 아이들과 살림살이에 엄벙덤벙 시일을 보내는 것이 행복스러웠을는지, 또는 방랑생활로 나서 스케치 박스를 메고 캔버스에 그림 그리고 다니는 이 생활이 행복스러울지 모르겠소.

그러나 인생은 가정만도 인생이 아니요, 예술만도 인생이 아니외다. 이것저것 합한 것이 인생이외다. 마치 수소와 산소와 합한 것이 물인 것과 같이. 여보셔요, 내 주의는 이러해요. 사람 중에는 보통으로 사는 사람과 보통 이상으로 사는 사람이 있다고 봅시다. 그러면 그 보통 이상으로 사는 사람은 보통사람 이상의 정력과 개성을 가진 자외다. 더구나 근대인의 이상은 남의 하는 일을 다 하고 남는 정력으로 자기 개성을 발휘하는 것이 가장 최고 이상일 것이외다.

그는 이론뿐이 아니라 실례가 많으니 위인 걸사들의 생활은 그러하외다. 즉, 수신제가치국평천하修身濟家治國平天下가 고금이 다를 것 없나이다. 나는 이러한 이상을 가지고 10년 가정생활에 내 일을 계속해 왔고, 지금부터도 실행할 자신이 있던 것이외다. 그러므로 부분적인 내 생활이 행복할 리 만무하고, 종합적이라야 정말 내가 요구하는 행복의 길일 것이외다. 이 이상을 파괴케 됨은 어찌 유감이 아니리까.

감정의 순환기가 10년이라 하면 싫었던 사람이 좋아도 지고, 좋았던 사람이 싫어도 지며, 친했던 사람이 멀어도 지고, 멀었던 사람이 친해도 지며, 선한 사람이 악해도 지고, 악했던 사람이 선해도 지나이다. 씨의 10년 후 감정은 어떻게 될까.

이상에도 말하였거니와, 부부는 세 시기를 지나야 정말 부부 생활의 의미가 있다고 하였습니다. 나는 이미 그대의 장단점을 다 알고, 씨는 나의 장단점을 다 아는 이상 서로 보조하여 살아갈 우리가 아니었던가.

하여간 이상 몇 가지 주의로 이혼은 내 본의가 아니요, 씨의 강청이었나이다. 나는 무저항적으로 양보한 것이니, 천만 번 생각해도 우리 처지로 우리 인격을 통일치 못하고, 우리 생활을 통일치 못한 것은 부끄러운 일입니다.

아울러 바라는 바는 80 노모의 여생을 편하게 하고, 네 아이의 양육을 충분히 주의해 주시고, 나머지는 씨의 건강을 바라나이다.

신생활에 들면서

"나는 가겠다."

"어디로?"

"서양으로."

"서양 어디로?"

"파리로."

"무엇 하러?"

"공부하러."

"다 늙게 공부가 무어야?"

"젊어서는 놀고, 늙어서는 공부하는 것이야."

"그렇기는 그래. 머리가 허연 노대가의 작품이야말로 값이 있으니까. 그러나 꿈쩍거리기 귀찮지도 않은가?"

"어지간히 짐도 꾸려 보았네마는 아직도 짐만 싸면 신이 나."

"아무 데서나 살지, 다 늙게."

"사는 것은 몸으로 사는 것이 아니라, 마음으로 사는 것이야."

"몸이 늙으면 마음도 늙지."

"아니지, 몸이 늙어갈수록 마음은 젊어가는 것이야. 오스카 와일드의 시에도 '몸이 늙어가는 것이 슬픈 것이 아니라 마음이 젊어가는 것이 슬프다'고 했어. 그러기에 서양 사람은 나이 관념이 없어. 언제까지든지 젊은 기분으로 살 수 있고, 동양 사람은 늘 나이를 생각하기 때문에 쉬 늙어."

"그러나 몸이 늙어 쇠퇴해지면 마음에, 기분에 기운이 없는 것은 사실이요, 팔팔한 젊은 기분을 볼 때는 꿈속 같은 걸 어찌하나."

"그야 그렇지만 한갓 마음가짐에 달린 것이야. 다만 걱정거리는 나이 먹고 늙어갈수록 생각만 늘어가고, 기운이 주는 것이야."

"글쎄, 내 말이 그 말이야. 그러니까 말이야, 친구도 나이 40에 이리저리 헤매지 말고 서울서 그대로 기초를 잡으란 말이야."

"나는 싫어… 내 과거와 현재와 미래를 다 알고 있는 조선이 싫어… 조선 사람이 싫어."

"흥, 그거는 모르는 말일세. 친구가 조선을 떠난다면 그 과거, 현재, 미래가 아니 따라갈 줄 아나."

"글쎄, 과거야 어디까지 쫓아다니겠지마는 현재와 미래만은 환경으로 변할 수가 있을 터이니까."

"그렇지만 암만 환경이 변하더라도 그 과거가 늘 침입하여 고쳐놓은 환경을 흐려놓는 것을 어찌하나. 그러기에 한 번 과거를 가진 사람은 좀체 뿌리를 빼지 못하는 것이야."

"암, 뿌리야 빠질 수 없는 일이지마는 개척하는 데 따라 환경으로 과거를 정복할 수는 있는 것이지."

"그러자니 그 상처가 아물려면 비애가 오직한가."

"그것은 각오만 하면 참을 수 있는 것이야. 어렵기야 어렵지."

"그만치 마음이 단단하다면 나는 안심하네. 해보고 싶은 대로 해보게."

강한 체하고 친구의 허락까지 받았으나 친구가 무책임하게 돌아설 제, 내 가슴속은 다시 공허로 채워졌다.

　　이혼 사건 이후 나는 조선에 있지 못할 사람으로 자타간에 공인하는 바이었고, 4,5년간 있는 동안에도 실상 고통스러웠나니, 첫째, 사회상으로 배척을 받을 뿐 아니라 나의 이력이 고급인 관계상 그림을 팔아먹기 어렵고 취직하기 어려워 생활 안정이 잡히지 못하였고, 둘째, 형제 친척이 가까이 있어 나를 보기 싫어하고 불쌍히 여기고 애처로이 생각하는 것이요, 셋째, 친우 지인들이 내 행동을 유심히 보고 내 태도를 눈여겨보는 것이다.

　　아니다. 이 모든 조건쯤이야 내가 먼저 있기만 하면, 이겨 낼 수 있는 것이다. 이보다 내 살을 에는 듯, 내 뼈를 긁어내는 듯한 고통이 있었나니, 그는 종종 우편배달부가 전해 주는 딸, 아들의 편지이다. '어머니, 보고 싶어' 하는 말이다.

　　환경이란 우습고 무서운 것이다. 환경이 일변하는 동시에 과거의 공적은 공空이 되고, 과거의 사실만 무겁게 처져 있다. 그러므로 나는 이 따라다니는 과거를 꺼안고 공에서 생의 목록을 시작하지 않으면 아니되게 되었다.

유혹

결코 손을 대서는 아니된다고 한 과실에 손을 댄 것은 뱀의 유혹이었고, 이브의 호기심 아니었나. 이로 인하여 받은 신벌神罰은 얼마나 엄격하였나. 유혹처럼 무섭고 즐거운 매력은 없는 것 같고, 유혹의 즐거움, 불안, 두려움, 우려는 호기심의 그것이나 같다.

동기는 여하한 것이든지 훨씬 열어 제친 세계는 이상히도 좋았고, 더구나 구속 없고 엄숙하게 지켜 있는 마음에 어찌 자유스러운 감정을 갖지 않게 되겠는가. 나는 확실히 유혹을 받았었고, 나는 확실히 호기심을 가졌다. 우리는 거친 가시덤불 길가에서 생각지 안은 장미꽃을 발견한 것이었다. 아름다운 향기와 달콤한 꿀에 황홀하였던 것이다. 그 결과는 여하하든지 나의 진보 과정에서 감수하지 않으면 아니되었다.

사람의 진보 경로는 여러 가지 형태가 있다. 행복스러운 환경과 조건 밑에서 아무 고통과 생각 없이 살아가는 사람도 적지 않다. 그러나 다수는 펴기 전에 꺾이게 된다. 여하히 누르든지 홀리든지 부러뜨리든지 하더라도, 한 가지 뜻으로 살려고만 하면 되지 않는가. 겨울에 얼어붙은 개천물을 보라. 그 더럽게 흐르던 물이 어떻게 이렇게 희게 아름답게 얼어붙는가. 이

것은 확실히 그 본체는 순정과 아름다움을 잃지 않았던 것이다. 이 점으로 보아 진보해 가는 사람을 생각하게 된다. 이러한 사람에게는 떨어진 물이 더러우면 더러울수록, 떨어진 유혹의 길이 깊으면 깊어질수록, 더 심각한 더 복잡한 현실을 엿보는 고로, 이 의미로 보아 이러한 사람은 미혹에 처하면 처할수록, 외면으론 비록 고통스러울지언정 내막은 풍부한 감정으로 살 수 있는 것이다. 그리고 세상 범사로 긍정해 버리고 만다.

독신자

이성간 사랑은 순정이라야 한다. 이 순정을 잃은 자는 상처를 받은 자이다. 이 상처를 맛본 자에게는 몸에 끈기가 없고 마음에 끈기가 없나니, 즉 탄력성이 적고, 중간성을 잃어 조화성이 없다. 그리하여 그 상처를 얻은 자, 즉 독신자에게는 감정이 마비되어 희로애락의 경계선이 분명치 못하고, 동시에 사물에 싫증이 쉬 나고, 애착심이 생기지 않는다. 그러므로 남녀간에 상처를 받은 자는 반드시 남자면 순처녀, 여자면 순동남純童男으로 배필을 삼아야 조화성을 유지하게 된다.

여러 사람에게 허락하여 순간순간 쾌락으로 살아갈까, 혹은 한 사람에게도 허락지 말아 내 마음을 지키고 살까. 급기야 실행에 미치고 보니 어려서부터 가정교육 인습에 찔려, 더구나 양심이 허락지 않아, 전자를 실행치 못하고 후자를 실행해 보니 과연 어렵다. 친우를 얻을 수 없고 동지를 잃는다.

이는 대개 독신자의 이성 교제란 인격적 교제가 못되고 성적 교제가 되나니, 첫 인상부터 상대자의 소유자 없는 것이 염두에 떠오른다. 결국 성교된 후에도 길지 못하나니, 상대자가 자기에게 몸을 허락하듯이 타인에게도 허락하리라는 의심을 가짐이요, 성적 관계가 실행되지 않으면 더구나 보잘 것 없이 교제 시일이 짧은 것이라. 그리하여 독신자는 정신적 동요가 심하나니, 갑이란 이성을 대할 때는 갑에게 마음이 가고, 을을 만날 때는 을에게 마음이 가, 마음이 집중되지 못한다.

그러므로 사람에게는 반드시 마음이 안착될 만한 사랑의 상대자가 필요하나니, 아무리 마음을 다잡아 명심하더라도 인간인 이상 인간의 상대자를 요구한다. 이 사랑의 상대자를 찾지 못한 독신자는 늘 허순허순하고 허청허청하여, 마치 황무지에 선 전신주와 같아 강풍에 쓰러질 듯 쓰러질 듯하게 된다.

독신자들이여, 그대들이 불행, 즉 배우자를 잃게 되거든 그 즉시 후보자를 구해 얻으라. 주저하고 생각할 동안에 제2, 제3 불행이 밀려오나니. 그 불행을 이겨낼 만한 각오를 가졌으면 모르거니와 점점 끈기가 없이 보송보송해 가고, 사람이 싫어지고, 말이 하기 싫고, 잡을 손이 떨어져 사람을 버려가는 것이야 어찌하랴. 더구나 그들은 건강을 잃게 되나니, 대개 남녀 간에는 생식할 시기 외에는 성적 관계보다 음양의 체온이 필요하고 음기陰氣가 필요한 것이다. 독신자가 다수는 나른하고 따분한 것은 이 관계가 많으니, 독신으로 지내는 것은 두말할 것 없이 부자연한 상태이다.

'현실의 비애,' 그것은 예술상 아름다운 문자로만 아는 데 지나지 않던 내가 지금은 과거 어느 시대와 현재를 비교하여 과연 현실의 비애를 알게 되었다.

나는 어느 지점에서 우와 좌의 길을 잘못 밟은 것 같다. '실패'에 들어 어지간히 걸어온 나는 지금도 반성으로 더불어 그 나누어진 길까지 되돌아들려 하나, 이미 멀리 와버린 고로 용이한 일이 아니다. 다만 자위自慰의 길을 취할 따름이다.

정조

정조는 도덕도 법률도 아무 것도 아니요, 오직 취미다. 밥 먹고 싶을 때 밥 먹고, 떡 먹고 싶을 때 떡 먹는 것과 같이 임의용지

任意用志로 할 것이요, 결코 마음의 구속을 받을 것이 아니다.

취미는 일종의 신비성이니 악을 선으로 해석할 수도 있고, 추함을 웃음으로 화할 수도 있어, 비록 외형의 어느 구속을 받는 한이 있더라도 마음만은 자유자재로 움직일 수 있나니, 거기에는 아무 고통이 없고 신산辛酸이 없이 오직 희열과 만족만이 있을 것이니, 즉 객관이 아니요 주관이요, 무의식이 아니요 의식적이어서, 마음에 예술적 정취를 깨닫고 행동이 예술화되는 것이다.

서양서는 일찍이 19세기 초부터 여자 교육에 성교육이 성행하였고, 파리의 풍기가 그렇게 문란하더라도 그것이 악하게 추하게 보이기보다 오히려 아름답게 보이는 것은, 이미 그들의 머리는 성적 관계를 의식하였고 동시에 취미로 알고 행동을 예술화한 까닭이다.

다만 정조는 그 인격을 통일하고 생활을 통일하는 데 필요하니, 비록 한 개인의 마음은 자유스럽게 정조를 취미화할 수 있으나, 우리는 불행히 나 외에 타인이 있고, 생존을 유지해 가는 생활이 있다. 그리하여 사회의 자극이 심하면 심하여질수록 개인의 긴장미가 필요하니, 즉 마음을 집중할 것이다. 마음을 집중하는 자는 그 인격을 통일하고, 그 생활을 통일하는 자이다. 그러므로 줄곧 정조 관념을 여자에게 한하여 요구하여 왔으나 남자도 일반일 것 같다.

왕왕 우리는 이 정조를 고수하기 위하여 나오는 웃음을 참고, 끓는 피를 누르고, 하고 싶은 말을 다 못한다. 이 어이한 모순이냐. 그러므로 우리 해방은 정조의 해방부터 할 것이니, 좀 더 정조가 극도로 문란해 가지고 다시 정조를 고수하는 자가 있어야 한다. 저 파리와 같이 정조가 문란한 곳에도 정조를 고수하는 남자 여자가 있나니, 그들은 이것저것 다 맛보고 난 다음에 다시 뒷걸음치는 것이다. 우리도 이것저것 다 맛보아 가지고 고정해지는 것이 위험성이 없고, 순서가 아닌가 한다.

흐르는 물결을 한편으로 흐르게 하면, 기어이 다른 방면으로 흐트러지고 만다. 젊고 격렬한 흐름도 그 가는 길에서 틀려 가는 것이다. 이것은 자연이니 자연을 누구의 힘으로 막으랴.

자식들

인정이 있는 것은 사실이나 나는 모성애가 천품으로 있는 것인지 한 습관성인지 의심하고 있다. 우리가 많이 경험하는 자식을 낳아 유모를 주어 기른다면 남의 자식과 조금도 틀림없는 관념이 생긴다. 생이별을 하여 남의 손에 기른다면, 역시 남의 자식과 똑같은 관념이 생긴다. 그러면 자식은 반드시 낳아서 기르는 데 정이 들고 그 모성애의 맛을 보는 것이니, 아무리 남이 길러준 내 자식일지라도 장성한 뒤 만나게 된다면 깊은 정이 없이 섭섭하고 서어하게 되나니, 이렇게 되면 타인과 조금도 다름없이 이해타산으로 그 정을 계속하게 되는 것이다.

더구나 다대한 감정을 가지고 이혼을 한 두 사람 틈에 있는 자식이랴. 어렸을 때부터 귀에 젖게 출가한 생모의 과실을 어른에게 듣고 의아해 하다가 그 생모를 만난 뒤에 융화성이란 좀체로 생길 것이 아니다. 즉, 삼종지도三從之道에 따라 어렸을 때 사랑의 중심을 어머니나 아버지에게 두어야 할 아이들은 생활의 중심을 잃었고, 동시에 마음의 중심도 잃은 것이라. 이러한 일종의 탈선적 습관이 생긴 아이가 중간에 들이미는 모성애에 무슨 그다지 존귀함을 느끼랴. 다만 그 생모가 경제 능력이 커서 그것으로나 정복하면 모르거니와, 그 아이의 머리에는 이해타산밖에 없을 것이다.

그리하여 결국 남편과 생이별을 하게 되면 법률상으로 그 자식들은 남편의 자식이 되는 것이요, 자식과도 역시 타인이 되고 만다. 그러므로 예로부터 구습 여자들은 남편과 생이별을 할 때는 자식 하나를 끼고 나가 평생을 거기 구속을 받고 마나니. 이는 정을 들이자는 애처로운 사정이 있는 까닭이니,

비교적 이런 자식에게는 효도를 받기보다 원망을 많이 받게 되나니 부질없는 일이요, 이혼하는 동시는 딱 끊고 후일의 운명을 기다릴 것이다.

나는 이러한 것을 잘 알고 다 각오하였다. 그러므로 사람들이 내게 대하여 '크면 어디 가오. 다 에미 찾는 법이지' 하면 코웃음이 난다. 에미는 찾아 무엇 하고, 자식은 찾아 무엇 할 것인가. 남은 문제는 내가 돈이 많아서 저희들에게 이롭게 해준다면 모르거니와, 그렇지 않으면 영원히 남이 되고 마는 것이다. 다만 열 달 동안 뱃속에 넣고 고생했을 따름이니, 그도 과거가 되고 보니 한 경험담에 지나지 않는 것이다.

공상적으로 보이던 모든 것이 다 산 것이 되고 말았다. 향하는 하늘빛은 높고 푸르다. 그 지평선 흐린 곳에서나 광명과 희망을 부르짖게 된다. 가슴에 잔뜩 동경하는 내게는 너무 모르는 세계가 있다. 거기서 주저주저하는 불안과 공포심이 생긴다. 알지 못하고 화원에 발을 들여놓아 감미로운 분위기에 도취하였던 내가 기실 그것이 가시덤불 속 장미꽃이었던 것을 알고 운다. 불행에서 행복을 찾아.

나는 누구에게 대해서든지 이렇게 말한다. '독신자처럼 불행하고도 행복스러운 자는 없다'고.

여자는 시집가서 자식 낳고 아침저녁 반찬 걱정하다가 일생을 보내는 범위를 떠나면 불행이라 한다. 그 범위 내에서 갈 팡질팡하는 것이 행복이고. 그러나 한 번 그 범위를 벗어나서 그 범위 내에 있는 자를 보라. 도리어 그들이 불행하고 자기가 행복된 것을 느끼나니. 날마다 같은 생활을 되풀이하는 그 침체한 생활에 비교하여 시시각각으로 변천하는 감각의 생활을 하는 자기를 보라. 얼마나 날마다 그 인생관이 자라가고 생의 가치를 느껴 가는지.

사람은 그 생명이 붙어 있는 동안이 사는 시간이 아니요, 감정을 움직이는 것이 사는 것이다. 세상에는 사회에 얽매이고, 친구, 가족에게 얽매이고, 생활에 얽매이어 그 몸을 옴치고 뛰지 못하는 자가 얼마나 많으뇨. 이 실로 불행한 자로다. 한번 독신의 몸이 되어보라. 그 몸이 하늘에도 날 것 같고, 땅에도 구를 것 같으며, 전후좌우가 탁 틔어 거칠 것이 없이 그 몸과 마음이 자유롭다. 이런 사람이야말로 그들의 못하는 일, 그들의 못하는 생각을 해놓나니 역대의 위인, 걸사, 명작가 들의 그 예가 많다. 그러므로 나는 종종 이런 말을 한다.

"K가 나를 활인活人했어. 내게는 더 없는 고마운 사람이야. 그가 나를 가정생활에서 떠나게 해준 까닭에 제전에 입선을 하게 되고, 뜻밖의 감상문을 여러 편 쓰게 되었어. 나는 지금 죽어도 산 맛은 다 보아서, 나는 K를 조금도 원망치 않아.

오히려 고마운 은인으로 여겨진다."

이렇게 말하면서 불행에서 행복을 찾게 된다. 여하한 환경이든지 다 내가 선용하도록 힘쓰면 불행 중에서 의외의 행복을 찾는 것이다. 즉, 첫째는 내 자신이 환경을 좇을 것, 둘째는 환경을 내게 좋게 할 것, 셋째는 환경을 타처에서 구할 것. 이것을 실행하면 넓은 신천지를 발견할 수 있고, 불행에서 행복을 찾기 그다지 어려운 일이 아니다.

여하한 종류의 과거 실수이든지, 오욕이든지, 그것을 이겨낼 만한 힘만 있으면, 귀중한 경험, 즉 찬연한 결정이 되어 그 사람 몸에 행복으로 들어 있게 된다.

나는 어떤 사람이 될까

그렇게 쾌활하고 명랑하던 내가 소금에 푹 절인 사람이 되고 말았다. 얼이 빠지고, 어릿어릿하고, 기운이 없고, 탄력이 없다. 나이 40이라 그럴 때도 되었지만, 그래도 심한 상처만 아니 받았던들 그렇게 쉽사리 늙을 내가 아니다. 그러나 이런 여자가 되고 싶다는 이상만은 언제까지든지 계속하고 있다.

남이 이성으로 대할 때 나는 감각으로 대하자. 남이 정의로 대할 때 나는 우아함으로 대하자. 남이 용기로 나를 대할 때 나는 위엄의 마음으로 남을 대하자.

나는 금욕 생활을 계속하자. 심령의 통일과 건강 보존으로. 그는 나의 성질이 냉혹한 까닭이 아니라, 오히려 정열적인 까닭이다. 나는 얼핏 엄격하게 보이나, 그는 내가 냉정한 까닭이 아니라 가슴에 피가 지글지글 끓는 까닭이다. 나는 영적인 동시에 육감적이 되고 싶다. 자존심이 강한 동시에 신실하고 싶다. 나는 남의 큰 사랑을 요구한다. 아니 도리어 큰 사랑을 남에게 주려고 한다. 나는 스스로 향락하고, 남에게 주는 행복은 풍부하고 심후하고 영속적임에 틀림없을 것이다. 나는 남의 연인인 동시에 연인 그대로의 어머니가 될 것이다. 즉, 인생의 행복을 창시해 놓는 것이 나의 일종의 종교적 노력일 것이다. 동시에 상대자에게 심오한 책임 관념과 명확한 판단을 할 것이다. 나는 언제까지든지 젊은 기분으로 모든 사물을 매력 있게 만들 것이다. 그는 항상 내 생존을 미화하는 까닭이요, 자기의 하는 모든 일이 내 전체로 아는 까닭에 희열을 느끼는 감이 생긴다.

나는 영혼의 매력이 깊은 것을 알았고, 따라서 자기 자신의 인격적 우아함으로 색채가 풍부한 신생활을 창조해 낼 것이다. 사람 앞에 나갈지라도 형식과 습관과 속박을 버리고 존귀함으로써 공적 생활에 대할 것이다. 나는 남보다 말이 적을 것이다. 그러나 그 침묵과 미소는 말을 많이 하는 것보다 오히려 웅변일 것이다. 아무리 외면은 흐르는 냇물과 같더라도 그 밑은 견고한 리듬으로 통일이 있을 것이다. 행복으로 빛날 때든지, 죽을 지경에 이를 때든지, 안정하든지, 번민하든지, 냉혹하든지, 정열이 넘치든지, 기쁘든지, 울든지, 어떤 환경에 있든지, 나는 다수의 여자인 동시에 한 사람의 여자일 것이다.

나는 여자에 대한 남자의 여러 몽상을 안다. 근육 발달한 여자보다 여러 방면으로 발달한, 즉 영구적 여성다운 여자를 요구한다. 남자 그들은 사회에 나서 복잡다단한 일에 접촉하고 있다. 그러므로 감정의 순환이 심하다. 그들이 느끼는 바 비애와 고적은 크다, 깊다. 이에 반하여 여자는 단순한 가정에 잠복하여 신경질이 될 뿐이요, 기실은 침체되고 말았다. 자극성을 요하는 남자에게 불만을 주게 되는 것은 물론이려니와 여자에게 그 책임감을 느끼지 않을 수 없다. 오, 남자 제위여, 어찌하면 만족을 느끼게 되고, 오, 여자 제위여, 어찌하면 만족을 주게 되랴. 만족은 오직 마음먹기에 달린 것이다. 내가 늘 외우고 있는 석가의 교훈.

중생무변 서원도 衆生無邊 誓願度
번뇌무진 서원단 煩惱無盡 誓願斷

그러므로 깊은 비애를 가진 여자는 남자의 가슴에 일종 말할 수 없는 정서의 동요를 깨닫게 하고, 불평을 가진 여자는 남자 마음에 견딜 수 없는 고통을 준다.

내 일생

나는 18세 때부터 20년간을 두고 어지간히 남의 입에 오르내렸다. 즉, 우등 1등 졸업 사건, M과 연애 사건, 그와 사별후 발광 사건, 다시 K와 연애 사건, 결혼 사건, 외교관 부인으로서의 활약 사건, 황옥黃鈺 사건(1923년 의열단의 국내 폭탄 반입 사건-편집자 주), 구미 만유 사건, 이혼 사건, 이혼 고백서 발표 사건, 고소 사건, 이렇게 별별 것을 다 겪었다.

그 생활은 각국 대신과 더불어 연회하던 극상계급으로부터 남의 집 건넌방 구석에 굴러다니게 되고, 그 경제는 기차, 기선에 1등, 연극, 활동사진에 특등석이던 것이 전당국 출입을 하게 되고, 그 건강은 쾌활 씩씩하던 것이 거의 마비까지 이르렀고, 그 정신은 총명하고 천재라던 것이 천치 바보가 되고 말았다. 누구에게든지 호감을 주던 내가 이제는 사람이 무섭고, 사람 만나기가 겁이 나고, 사람이 싫다. 내가 남을 대할 때 그러하니 그들도 나를 대할 때 그럴 것이다.

이와 같이 사람 능력으로 할 만한 일은 다 당해 보고, 남은 것은 사람을 버린 것밖에 없다. 어찌하면 다시 내 천성인 순진하고 정직하고 순량하고 온유하고 부지런하고 총명하던 그 성품을 찾아볼까. 다 운명이다. 우리에게는 사람의 힘으로 어쩔 수 없는 운명이 있다. 그러나 그 운명은 순순히 따르면 따를수록 점점 확대되어 닥쳐오는 것이다. 강하게 대하면 의외에 힘없이 쓰러지고 마는 것이다.

어디로 갈까

나는 어느 날 산보를 하다가 움집 하나를 발견하였다. 나는 일부러 서석을 열고 그 안을 들여다보았다. 그리고 돌아서서 일어설 때 내 입에서는 이런 말이 새어나왔다.

"너희는 나보다 행복스럽다. 이런 움집이라도 가졌으니."

"나는 장차 어디로 갈까. 더구나 이번 사건(최린에 대한 정조 유린 제소 사건 – 편집자 주) 이후 얼굴을 들고 나설 수가 없으니."

이렇게 중얼거리는 나는 눈물이 핑 돌았다.

"파리로 가자."

"아니, 고국산천을 떠나서 그 비애 고적을 어찌할까."

"아니, 갔다가 또 빈손으로 오면 다시 방황할 게 아닌가."

"아니, 모성애에 대한 책임은 어찌할까."

이렇게 생각하고 보니 다시 생각이 탁 막힌다.

가자, 파리로. 살러 가지 말고, 죽으러 가자. 나를 죽인 곳은 파리다. 나를 정말 여성으로 만들어준 곳도 파리다. 나는 파리 가 죽으련다.

찾을 깃도, 만날 것도, 얻을 것도 없다. 돌아올 것도 없다. 영구히 가자. 과거와 현재가 공^空인 나는 미래로 나가자.

무엇을 할까

한 사람이 이만치 되기에는 조선의 은혜를 많이 입었다. 나는 반드시 보은할 사명이 있어야 할 것이다. 교육계로, 농업계로, 상업계로, 언론계로, 문예계로, 미술계로, 인물을 기다리는 이 때가 아닌가. 무엇을 하나 조선을 위하여 보조치 못하고 어디로 간다는 것은 너무 이기적이 아닌가.

아니다, 아니다. 내가 있음으로 모든 사람이 침착성을 잃게 된다. 크게 말하면 조선 사회에, 독신 이성자들에게, 미혼

여성들에게, 작게 말하면 청구 씨에게, 그의 후처에게, 4남매 아이들에게, 양쪽 친척들에게, 친우 사이에 불안을 갖게 되고, 침착성을 잃게 된다. 그러므로 내가 있는 것은 해독물이 될지 언정 이로운 물物이 되기 어렵다.

나는 수중에 ××원을 가지게 되었다. 비록 이것이 분풀이의 결실이라 하더라도 내게도 그다지 상쾌한 일이 되지 못하거니와, C의 마음은 오죽했으랴.

"나는, 나는 이것을 가지고 파리로 가련다. 살러 가지 않고 죽으러."

가면서 나의 할 말은 이것이다.

"청구 씨여, 반드시 후회 있을 때, 내 이름 한 번 불러주소."

"4남매 아이들아, 에미를 원망치 말고, 사회 제도와 도덕과 법률과 인습을 원망하라. 네 에미는 과도기 선각자로 그 유명의 줄에 희생된 자였더니라. 후일 외교관이 되어 파리 오거든, 네 에미 묘를 찾아 꽃 한 송이 꽂아다오."

펄펄 날던 저 제비

참혹한 사람의 손에

두 쪽지, 두 다리

모두 상하였네

다시 살아나려고

발버둥치고 허덕이다

끝끝내 못 이기고

그만 척 늘어졌네

그러나 모른다

제비에게는

아직 따듯한 기운 있고

숨 쉬는 소리가 들린다

다시 중천에 떠오를

활력과 용기와

인내와 노력이

다시 있을지

뉘 능히 알 리가 있으랴

조선 여성에게

**구미 여성을 보고
반도 여성에게**

저 로마의 대리석 궁전을 보라. 그 기초는 조악한 돌을 모아 지은 것 아니던가. 저 위인 나폴레옹이나 카이사르를 보라. 뱃속에 열 달 들어 있다 자라난 이가 아닌가. 어린아이 때부터 성큼성큼 대인의 걸음이 되는 것이 아닌가. 대연회에 오르는 잘 차린 음식도 한 점 두 점 도마 끝에서 된 것이 아닌가. 금의홍상錦衣紅裳도 한 땀 두 땀 바느질로 된 것이 아닌가. 세균이 비록 작으나 사람의 귀한 생명을 빼앗고, 좀이 비록 미약하나 큰 나무를 쓰러뜨리지 아니하는가.

여자는 작다. 그러나 크다. 여자는 약하다. 그러나 강하다. 구미 여자는 대체로 동양 여자에 비하여 피부색이 희고, 키가 크고, 코가 높고, 눈이 깊으며, 그 행동은 분명하고, 진취성이 많으며, 활동이 많고, 보통 상식이 풍부하여 매사에 총명하다.

자유를 좋아하고 활발한 미국 여성은 사회적으로는 개방주의요, 개인적으로는 폐쇄주의다. 사교를 잘 하며, 사람의 성미를 잘 맞추고, 화제를 잘 옮기며, 상대자의 의사를 좇는 데 고심하고, 자기 의사를 발표하는 일이 없다. 황금만능으로 금전은 생명이요, 지위는 실리다. 고상하고 착실하고 점잖은 미국 여성은 때로는 봄 하늘과 같이 청명하다가 때로는 가을 하늘과 같이 황망하다. 일반적으로 우울하고 슬퍼서 즐거울 때도 수심이 보인다. 사실을 귀히 여기고 경험을 중시한다. 일반적으로 정치 상식이 풍부하며, 큰 꿈을 갖고 끊임없는 활동을 한다.

겉모습이 꽃에 날아드는 나비와 같은 프랑스 여성은 그 몸가짐과 표정이 활발하여 사람과 쉽게 사귀고, 아름다운 경구를 써서 좌석을 서늘케 하며, 가장이 없고, 위선이 없고, 화를 내지 않으며, 신랄함이 없다. 관찰이 예민하고, 선천적으로 아름다움이 풍부하며, 우아하다. 실로 사교장의 꽃 모양이다.

일 잘하고 무서운 독일 여성은 사물의 진상을 정하는 동시에 크게 노력하여 드디어 위대한 가정 사업을 성취한다. 부끄러움을 많이 타고, 매우 침착 온화하며 가정적이어서, 다른 유럽 여성과 같이 사교적이 아니요, 살림에만 착실하여 별로 외출하지 아니한다. 매우 소극적인 동시에 실용적이다.

잔인성이 많은 이탈리아 여성은 여자답고 사랑스러운 여성이 적다. 문명에서 퇴화된 국민인 만치 별로 좋은 특장이 보이지 않고, 모두 개절치 않게 보인다.

고집 센 스페인 여성은 어디까지나 자기 고집대로 해보려하고, 감정은 예민하지만 원한을 오래 가지고 있어서, 이탈리아 여성과 같이 잔인성이 많다. 눈과 머리가 검고, 빛이 희고, 미인이 많다. 즉, 동양과 서양을 절충한 세계적 미인이 많다. 질투심이 심하여 기어이 복수를 하고 말며, 명예심도 많다고 한다.

참기 잘하는 러시아 여성은 의무심이 많으며, 인내심이 많고, 희생적 정신을 갖고, 정열을 가졌으며, 레닌 정부가 된 후로그들은 외면으로는 당당한 사람 지위에 있으나, 내면으로는 생산 문제로 인하여 일어나는 번민이 많다.

이상과 같이 구미 각국 중 큰 나라 여성의 특장을 간략히 들어 그 지위를 암시하였거니와, 일반으로 구미 여성은 창조적이요 예술적이다. 그러나 구미 여성은 인격으로나, 두뇌로나, 기술로나, 학술상, 조금도 남자의 그것보다 결핍이 있지 아니하여, 당당한 사람 지위에 있는 것이다.

직장 여성은 간편한 아파트 - 셋집에서 살고, 자식은 공동보육소에 맡겨 기르고, 밥은 레스토랑(공동식당)에 가서 먹고, 의복은 상점에 가서 사 입는다.

가정부인은 구미에 맞는 음식을 먹고, 얼굴 체격에 맞는 의복, 모자, 외투를 해 입고 쓰나니, 사랑의 보금자리 스위트홈에 섬섬옥수 지나간 자취가 없는 곳이 없다. 상점, 회사, 은행, 정거장, 식당, 호텔, 주식거래소를 가보라. 참새 같고, 제비 같고, 앵무 같고, 공작 같은 여자들이 날쌔게 거동하고 있지 않은가.

의회를 가보라. 의원석에는 머리가 흰 나이든 여성 의원이 척척 들어와 앉지 않나. 여왕부터 대신은 물론 공사석에 여자가 참석하지 않은 곳이 있는지.

요컨대 실력으로는 체험 많은 노부인을 쓰나, 구미는 대개 젊은 여성, 예쁜 여성, 돈 있는 여성의 세상이다. 사회가 복잡하고 동정이 움직이는 세상이다. 음침하고 이론을 좋아하는, 즉 공상적인 학자의 부인도 필요하거니와, 보편적으로는 다소 무식하더라도 명랑하고 실질적인 여자를 요구하나니, 여성은 이미 남성이 갖지 못한 매력을 가졌다. 그리하여 위정자로서 계책을 세우는 사람, 한 가정의 여왕, 한 단체의 핵심인물은 여성이 없고는 기분이 명랑해지지 못하고 조화성을 잃게 되나니, 동양에서도 요릿집에서나 연회석에 기생을 부르게 되는 것이다.

더구나 구미에서는 부부가 떨어지지 않고 다니게 되나니, 그러므로 동양 남성이 딱딱하고 거친 반대로 서양 남성은 부드럽고 친절하다. 동양 여성이 의지가 박약한 반대로 서양 여성은 의지가 강하다. 동양 남성이나 여성이 몰상식한 반대로 서양 남성이나 여성은 상식이 풍부하다. 창작성은 대개 이성간에서 있게 되나니 그들의 생활은 창작적이요, 그들의 생각은 창작적이다. 하여튼 그들은 인생관이 서고, 처세술이 서 있다. 사람인 것을 자각하였고, 여성인 것을 의식하였다. 이것을 우리는 배우자는 것이요, 흉내 내자는 것이다.

가시덤불 속에 든 장미꽃, 너는 언제나 빛나는 꽃이 되려나. 그러나 타임은 간다. 그 타임은 모든 변화를 가지고 온다. 그 타임은 머지않아 너에게 자각과 의식과 실행을 쥐어주리라. 아니 지금 진행중에 있다. 선진 구미 여성이여, 우리는 그대를 존경하는 동시에 우리의 지위를 찾고자 하노라.

나혜석 자화상

글

잡감-K언니에게 興함	《학지광》	1917.7
母 된 감상기	《동명》	1923.1.1~21
나를 잊지 않는 행복	《신여성》	1924.8
생활 개량에 대한 여자의 부르짖음	《동아일보》	1926.1.24~30
아아, 자유의 파리가 그리워	《삼천리》	1932.1
이혼 고백장-청구 씨에게	《삼천리》	1934.8~9
신생활에 들면서	《삼천리》	1935.2
조선 여성에게-구미 여성을 보고 반도 여성에게	《삼천리》	1935.6
인형의 가	《매일신보》	1921.4.3

그림

자화상		1928년경
저것이 무엇인고 (만화)	《신여자》	1920.4
인형의 가	《매일신보》	1921.3.2~5
김일엽 선생의 가정생활	《신여자》	1920.6

※ 그림 도판 제공 : 한국데이터진흥원

1896	경기도 수원 출생.
1910	수원 삼일여학교 졸업.
1913	진명여자고등보통학교를 졸업하고 일본 도쿄사립여자미술학교 서양화부 입학.
1914	동경 유학생 잡지 《학지광》에 〈이상적 부인〉 발표.
1916	첫 애인 최승구, 결핵으로 사망.
1918	단편소설 〈경희〉(《여자계》) 발표. 도쿄사립여자미술학교 졸업.
1919	《매일신보》에 '섣달대목'과 '초하룻날' 주제의 만평 9점 연재.
	이화학당 학생들의 3·1만세운동에 연루되어 5개월간 옥고를 치름.
1920	문학동인지 《폐허》 창간에 참여. 김우영과 결혼.
1921	유화 개인전 개최. 〈인형의 가〉 삽화와 노래가사 작사.
	첫딸 출생. 만주 안동으로 이주.
1923	〈모 된 감상기〉 발표.
1926	〈생활 개량에 대한 여자의 부르짖음〉 발표. 조선미술전람회에서 〈천후궁〉이 특선.
1927	남편과 함께 구미 여행 떠남(20개월간 여행).
1928	야수파 화가 비시에르의 화실(파리)에서 그림 공부. 천도교 도령 최린과 연애.
1930	최린과의 관계가 문제가 되어 이혼.
1931	〈정원〉이 조선미술전람회에 특선, 제국미술원전람회에 입선.
1934	〈이혼 고백장〉을 발표하고, 최린에게 정조 유린 위자료 소송 제기.
1935	정조 개념의 해체를 주장하는 〈신생활에 들면서〉 발표.
1936	단편소설 〈현숙〉 발표.
1938	수필 〈해인사의 풍광〉 발표.
1944	서울 인왕산 청운양로원에 맡겨짐.
1948	12월 10일 원효로 시립 자제원에서 사망.

'일제강점기 새로 읽기'를 펴내며

일제강점기는 우리 역사에서 매우 특수한 시기다.
유례를 찾기 어려운 폭압적인 식민지배는 민족의 생존 자체를
위협하였으며 그 생채기가 지금까지도 우리의 삶을 옥죄고 있다.

우리 민족의 항전은 주권 회복 투쟁만이 아니라 민족의
얼을 지키고 민족문화를 배양하는 다층적인 것이어야 했다.
한글운동, 고전 연구, 민족주의사학, 문학·문예 운동은 모두
그 같은 문제의식의 소산이었다. 많은 선각자들이 박토에
민족문화의 밭을 갈고 씨를 뿌렸다.

1960, 70년대까지 적지 않은 일제강점기의 문화자산들이
책으로 출간되었다. 그 후로는 연구자들의 연구서가 이어졌다.
하지만 그것만으로 충분한 걸까. 우리는 너무 빨리 많은 것을
잊어버렸고, 젊은 세대는 그 시절에 관심조차 없다.

'일제강점기 새로 읽기' 시리즈를 시작하는 이유는 그 시절에
우리 민족문화의 한 원형질이 형성되었다는 믿음 때문이다.
가급적 당시의 생생한 목소리를 담으려 한다. 이 시리즈를 통해
지금 우리의 '선 자리'에 대한 이해가 한층 깊어지기를 기대한다.

2018년 4월 가갸날